张
翎

　　浙江温州人。1983 年毕业于复旦大学外文系，1986 年赴加拿大留学，分别在加拿大的卡尔加利大学及美国的辛辛那提大学获得英国文学硕士和听力康复学硕士学位。现定居于多伦多市，曾为美国和加拿大注册听力康复师。90 年代中后期开始在海外写作发表，代表作有《劳燕》《余震》《金山》等。

　　小说曾获得包括中国华语传媒年度小说家奖、新浪年度十大好书榜、华侨华人文学奖评委会大奖、台湾时报开卷好书奖、香港红楼梦世界华文长篇小说专家推荐奖等两岸三地重大文学奖项，入选各式转载本和年度精选本，并七次进入中国小说学会年度排行榜。

　　根据其小说《余震》改编的灾难巨片《唐山大地震》（冯小刚执导），获得了包括亚太电影节最佳影片和中国电影百花奖最佳影片在内的多个奖项。根据其小说《空巢》改编的电影《一个温州的女人》，获得了金鸡百花电影节新片表彰奖和英国万像国际电影节最佳中小成本影片奖。

　　小说被译成多国语言在国际发表。

死着

张翎 著

长江出版传媒 长江文艺出版社

北京长江新世纪文化传媒有限公司
www.cjxinshiji.com
出品

目录

死着

我，抑或是你？

柳絮，杨花，雪，羽毛，飞尘……

我想到了世界上一切轻盈的物体，可是我比它们还轻。我不具体积，缺乏形状，所以，我也没有重量。

我没有四肢，没有躯干，甚至也没有头颅，我却依旧能看，能听，能闻。我的感官失去了承载它们的器皿，如丢了鞘的刀，自由，尖锐，所向披靡。我不仅挣脱了身体的羁束，还挣脱了万有引力这根巨大绳索的捆绑，现在再也没有一样东西可以限制我的行踪，把我拉回地面。我是风，是云，可以抵达任意一个高度，穿越任何一条哪怕比头发丝还细的缝。

然而，我还不太习惯这份突然获得的自由。我总觉得万有引力是在和我玩着某种规则掌握在它自己手里的恶作剧游戏，短暂地松了松它的掌控，只是为了让我在享有片刻虚妄的快活之后，再把我锁入那个万劫不复的囚笼。我战战兢兢忐忑不安地探测着我的边界，不敢轻举妄动。

我飘浮在天花板上由两面墙夹筑而成的一个角落里，四下观看。我从来没有从这个角度看过世界，所以每一样撞进我视野的东西，都让我产生婴孩第一次睁开眼睛猝然看见万物时的那种好奇和惊讶。从高处往下看，房间的线条是斜的，墙壁白得刺眼，墙上挂的那幅画，有点像一片上窄下宽的裙摆。其实那也不能算是画，它只是一幅加了注解的人体器官剖视图。我不知道房间所在的楼层，从窗口显露出来的那片树梢来判断，这里至少是四楼。此刻所有关于时间和季节的记忆，似乎都已经像墙壁一样被刷白了，我只能根据窗口射进来的那抹光线来推测，现在大概在下午四点半到五点之间。至于季节，那倒相对简单：树枝上的叶子已经落尽，露出了一个黑乎乎的鸟巢，所以只能是冬天。一群灰头土脸的雀子在光秃秃的树枝之间窜来窜去，用毛糙尖厉的嗓音吱吱呀呀地唱着歌。我听不懂，却也知道那是哀怨——关于饥饿和萧瑟的哀怨。街上的人流很浓稠，从高处望下去，我看不见他们的身子，因为他们的身子已经被他们的头所遮蔽。他们像一颗颗棋子，被一只看不见的手推搡着，在街市的棋盘上来来回回地挪动。

当然，这些都不是我视野里的中心内容。墙不是，窗不是，树不是，阳光不是，雀儿更不是，甚至连街景和行人也不是。他们太光滑，身上没长毛刺，我的目光短暂地扫过他们时，他们没能钩住我的眼睛。真正钩住我眼睛的，是屋子中间那件貌似水母的庞然大物。它周身长满了吸管，每一根吸管都扎进一个躺卧在它肚腹上的长条物件中，窸窸窣窣地吸吮着那物件体内的汁液。过了一会儿，等我的目光终于找到了聚焦点，我才明白过来那水母原来是一张病床，而那长条物件，原来是你。你的大部分身子都掩盖在一张白床单底下，露出来的那张脸，被纱布和管子分割完毕之后，只剩下两片山岭一样陡峭的颧骨。你大概刚刚在这个姿势里固定下来，你的身子，身下的床单和枕头，甚至还有房间里的空气，都还彼此认着生，正在试试探探地进行着第一轮关于空间和地盘的谈判。

屋里还有两个人，是一老一小两个护士。小护士一边看着仪表上的数字，一边在一个纸夹上做着记录。老护士站在小护士身后，目光越过小护士的肩膀，蛇似的在小护士的纸上爬行。

"仔细点，这份病历将来一定会有人盯着。"老护士叮嘱道。

小护士大概是个新毕业生，连白色的帽角上都挂着一丝初出校门的紧张和拘谨。小护士的指尖觉出了老护士目光的重量，颤了一颤，笔就从手里掉了下去。笔落在了你的枕头上，顺着你的头压出来的那块凹痕，滚到了你的脖子底下。

小护士轻轻地托起你的头，取出了那支不听使唤的笔。突然，她发出了一声压抑了的惊叫，捏着笔的手在空中凝固成一朵半开的兰花。

你插着管子的鼻孔里，突然涌出了一股液体。那液体清清亮亮的，中间夹杂了几抹桃红，像生着气的蛋清。

"脑脊液。"老护士轻描淡写地说。

老护士在医院工作了十几年，见过了从生到死过程中的所有稀奇，神经网络早已经被磨成一张满是褶皱的牛皮纸。

"要取样化验吗？"小护士问。

"用不着。脑子心肺都成那样了，不可逆。"老护士说。

"要不要，去问一声，刘主任？"小护士犹犹豫豫地问。

"刘主任交代过了，维持着就行。今天这几个病人累得他够呛，让他歇一歇。"老护士说。

护士做老了，就做成了精。成了精的护士通晓科室里的每一根筋络，知道什么时候该捏哪一根。成了精的护士不仅调派得了小护士，甚至也可以调派医生——是不动声色的那种调派法。

小护士用棉球小心翼翼地擦去了你鼻孔插管四周的黏液。小护士其实还有问题想问，可是她的问题被老护士的一个哈欠给堵了回去。小护士知道，刘主任站了多久，老护士就陪了多久；刘主任有多累，老护士就有多累。小护士不懂的事情还很多，她还有半辈子的时间可以慢慢地体会，用不着一次问清。

小护士堵在嗓子眼里的那个问题是："既然不可逆，为什么还要上艾克膜①？"

小护士终于仔仔细细地做完了记录，在合上夹子之前，又核实了一遍病人信息。小护士凑过身去核对你病床上方的那块名牌时，我看见了你的名字。

路思铨。

我吃了一大惊，因为那也是我的名字。

过了一会儿，我才终于醒悟过来，原来你就是我。

或者说，我就是你。

眼睛，抑或是鼻子——一件七个月前发生的事

茶妹坐在门前的树荫里，一边揉捻刚刚杀过青的茶叶，一边抬头闻天。

今年的天时很顺。梅雨按着时令来了，把茶树上的灰尘

---

① 艾克膜，ECMO 的音译，指体外心肺支持系统，是一种先进的急救
  设施，俗称"人工心肺"。

洗得干干净净。雨水多，却没有多到让人着急上火的地步，连绵的雨天里总能挤进一两个有太阳的好日子，让人抢上几个钟点采茶，摊晒，杀青。

今天就是这样一个好天气。空气里的味道很杂，茶妹闻到了日头烘烤土坡的泥尘味，茶叶在她手指的揉搓下渗出来的清涩味，还有鸡走过她家门前屋下的一摊稀屎味。茶妹不仅闻得着气味，还闻得出颜色。筛子里的茶叶不如去年的鲜绿，兴许是雨水的缘故，兴许是日头，兴许是杀青的火候。茶是一样古灵精怪的物件，每一季都有每一季的性情脾气，季季不同。不过颜色只是秀给人看的，茶妹知道这一季的茶和上一季的味道一样清香。村里的家家户户都靠茶叶吃饭，茶妹家也是。只是阿爸年年收茶时都会留一小部分茶叶，送给城里的亲戚朋友。这些茶阿爸总是要手工制作，阿爸信不过机器。

其实那天茶妹还闻到了另外一样味道，一样她这辈子都没闻过的味道。她说不出那是什么味道，只觉得带着一丝隐隐的铁腥味，也带着一丝隐隐的铁一样的重量。那味道不知道是从哪个方向传过来的，沉沉地弥漫在空中，压得她脑瓜仁子发紧。那味道在几个月后的某一天里，还会再次出现，那时茶妹才会醒悟，原来这是老天爷变着法子在给她递话，告诉她日子要有变故。

茶妹今年虚岁十九，周岁十八，算不上细皮嫩肉，眉眼也长得寻常。可是茶妹的嘴角，却生着两个浅浅的坑。用不着笑，只要脸上的任何一根筋肉轻轻一扯，就能扯得那两个坑一阵乱颤。这一颤，茶妹的脸面上便再也挂不住一丝阴云。

可惜茶妹看不见自己的模样，因为茶妹是个瞎子。

茶妹并不是生下来就瞎的。在六岁以前，她看得清蝴蝶翅膀上的每一条纹路，看得清天边云彩里最细的那条皱褶。六岁那年，颜色开始一样一样走失，先是红，再是蓝，再是绿，再是黄。后来世界变成了一片混沌的灰暗。再后来，连灰色也消失了。等到有一天，茶妹在正午时分问阿妈天为什么还没亮，阿妈才觉出了不对劲，可那时事情已经进入了一条不可逆转的死胡同。

不过，茶妹从来没认为自己是个瞎子，她只是觉得眼睛走迷了路，走到了鼻子里去而已。鼻子紧跟在眼睛身后，眼睛每丢下一样东西，鼻子就捡拾起来。当然，在接替眼睛的过程里，鼻子并不是孤军作战，鼻子还有一个可靠的同盟军，那就是手指。手指告诉鼻子形状和线条，鼻子告诉手指气味和颜色，鼻子和手指合着谋，就瓜分了眼睛遗留下来的职责。

"天撑不了多久，又要下雨了。"茶妹抽了抽鼻子，自言自语地说，因为她听见了云被风追着跑的嗖嗖声。

其实，耳朵也是鼻子的同盟军。耳朵把远处的声音拽到鼻子跟前，鼻子才闻见了云里的水汽。

茶妹的指头蛇似的在温热的茶堆里窸窸窣窣穿行，一捻一搓之间，叶子就服服帖帖地蜷缩成了长条索。茶妹是生在茶树下长在茶树下的茶女子，从睁开眼睛的那一刻起，就看见阿妈调教茶叶的样子。阿妈的手指仿佛施了魔法：阿妈想叫茶叶长，茶叶就是长的；阿妈想叫茶叶圆，茶叶就是圆的。茶妹似乎很小就意识到了眼睛是靠不住的，所以她把每一样看见的东西，都急急忙忙地往脑子里转移。等到她的眼睛完全背弃了她的时候，她早已熟记了阿妈的指法，她只需要把阿妈的指法从脑子里往指头上搬。所以，瞎女子茶妹在茶季里还能顶得上家里的一个劳动力。

突然，茶妹的手停了下来，一把条索从她的指缝里流出来，沙沙地落到米筛上。她听见了一阵脚步声，两个人，笃笃的，是硬鞋底敲打在硬石头上的声响。脚步声从远到近，越来越响，最终在她跟前静了下来。茶妹抬起头来，感到了眼皮上的重量——是来人的影子叠压在她的脸上。

"莉莉阿妈。"她说。

话一出口她就知道错了。

这一带方圆几百里村村都种茶，茶的种类杂，制作手艺也杂。货多了就贱，村和村之间你挤对我，我作践你，这儿的茶叶总也卖不上个好价。这几年莉莉阿妈不知怎的跟城里的大茶叶公司搭上了线，村里的茶才长了脚，渐渐走得远了。阿爸就吩咐茶妹别再在人前喊"莉莉阿妈"，要叫"邱经理"。茶妹打小和莉莉厮混在一起，叫惯了莉莉阿妈，一时难以改口。茶妹记得阿妈也说过和阿爸类似的话，只不过阿妈话里的意思却和阿爸的不全一样，阿妈是说那女人不配做莉莉的妈。

"邱文，你还没开口，她怎么就知道是你？"

这是一个男人的声音，一听口音就是外乡人。男人说话时带着浓重的喉音，轰隆轰隆的，像是雷雨来临之前天边的闷雷。男人的每个毛孔里都冒着香烟熏过的气味，只是男人抽的烟没村里人的烟凶猛，男人的烟味里多少有几分磨去了边角的斯文。

过了一会儿，茶妹才明白过来男人嘴里的那个"邱文"就是莉莉阿妈，也就是"邱经理"。茶妹只听过莉莉阿爸管莉莉阿妈叫"阿香"，却从来不知道莉莉阿妈还有个名字叫邱文。

"茶妹，告诉城里来的路经理，你怎么知道是我来了。"

莉莉阿妈对茶妹说。

莉莉阿妈的话尾巴里浅浅地埋了一个软钩子，茶妹听出来那钩子不是用来钩她的回话的，而是用来钩那个男人的眼睛的。

"花露水。"茶妹说。

莉莉阿妈和那个叫"路经理"的男人不约而同地哈哈大笑起来。

"我没吹牛吧，路经理？别看这女子眼睛瞎了，倒比五个十个明眼人加在一起还机灵。茶还长在树上的时候，她就闻得出年成了。不信你走几步路去隔壁村里拿包茶叶过来，隔着袋子她都能闻出来不是我们村的货。"

男人没有说话。茶妹听见男人的脑袋瓜子里发出窸窸窣窣的声响，像蛇在草间爬行，那是男人的想法在男人的额头里找着路。

半晌，男人才开口。

"只拍一个录像可惜了，可以考虑做个形象代表。小袋装茶，学台湾的样子，每道工序都是手工，盲人监工，靠嗅觉定位。这个听起来就有点意思。当然先要包装一下，打造一个正能量的励志故事。"

茶妹没听懂这话，不过茶妹知道这话本来也不是说给她听的。她便依旧低了头，把挑出来的茶梗扔到米筛外边。

"那赶紧，去问问，她爹妈。"莉莉阿妈结结巴巴地说，语气里夹杂着一丝抑制不住的兴奋。

"我先问问她自己的意思。"男人说。

男人近近地蹲到她身边，问茶妹："你去过城里吗？"

茶妹忍不住笑了，她想告诉男人她的耳朵没瞎，瞎的是眼睛，他用不着那么大声。可是茶妹到底什么也没说，只是摇了摇头。

茶妹岂止没去过城里，就连县城都没去过。阿爸说县城路上摩托车、汽车太多，阿爸怕一不留神车子会撞上女儿。

"想不想去城里工作？"

男人又问，这回，放低了嗓门。男人的喉音嗡嗡地在茶妹的耳朵里挠着，有些痒，却是暖暖的妥帖的痒。

茶妹怔了一怔。

城里是另外一个世界。城里的天上，怕都不是一样的日头和月亮，在城里她不知道还会不会走路。

"每个月挣三千块钱。"男人说。

茶妹又怔了一怔。她不知道一个月三千块钱到底是个什么数目，她只记得阿妈告诉过她，阿爸去年一年总共挣了一万八千块钱。她的嘴唇颤颤地抖了起来，却没有抖出一个字。

"要是你表现优秀，还可以考虑四千，包吃包住。"男人见茶妹不吭声，以为她是嫌钱少，就又补了一句。

茶妹的嘴唇颤得更厉害了，嘴角上的两个浅坑也跟着乱颤起来，她看上去满脸笑意。

没人知道，她害怕的时候，也是这副模样。

男人轻轻一笑，站起来，对莉莉阿妈说这事还得跟廖总汇报。头儿拍板了，才算数。

一直到那两人的鞋底敲在石头路上的笃笃声一路远了，没了，茶妹才想起她忘了问一句话。

这句话是："城里有多远？"

百，抑或是零？

"王队，您的茶。"

午休过后刚回到办公室，就有人往他手里递了一杯茶。午休在这里只是一个习惯用语，他其实没有午休。他已经很久没有午休了。他一直在和手下开会，他只是在开会的间隙里草草吃了一顿难以下咽的盒饭。

他有名字，可是现在几乎没人会直呼他的名字——除了他老婆之外，他的职位已经成了他的名字。

他职位的全称是交警大队交通事故处理中队中队长。

茶是他喝惯了的冻顶乌龙，热气腾腾地躺卧在他用了好几年的那个金属保温杯里。杯子肯定洗过了，而且洗得很是仔细，早上残留在杯沿上的茶渍唇痕也被去除得干干净净，金属杯身被洗洁精舔得熠熠生辉。若关了灯，把这样的杯子摆放在高处，说不定可以当作一样差强人意的照明物。

递给他茶的是刚分来的办公室秘书。新人就有这点好处，知道过五关斩六将进入机关系统的不容易，所以老实乖巧，眼里有活。可惜，过个一年半载，新人混成了老人，身上就免不得沾了机关的油气，不出五年，就会是一根手指捏上去都滑的油条。

头疼啊，头疼。说不清楚是哪个点上的疼，那是一股弥漫在整个额头的隐隐约约的疼，仿佛有人在他的头上系了一块头巾——坐月子的婆娘那样的系法，只是不小心系得太紧。疼不是今天开始的，也不是昨天，甚至也不是前天。疼已经缠绕了他两个多月了，时缓时紧，不分日夜，连睡着了也疼，因为睡着了就免不了有梦，梦把白日的担忧演绎成一幕又一幕的现实，醒来时常是一脸一身的冷汗，头比没睡的时候更疼。

他清晰地记得他的头疼是从什么时候开始的，就是在那次全局中层领导会议上。"今年前三个季度的重大交通事故，已经达到了去年全年的百分之九十二。"局长说。局长说这话的时候，谁也没看，可是全场的眼睛，都落在了交警大队长身上。那天大队长的身上哧哧地冒着烟。他坐在大队长身边，知道这烟很快就会蔓延到自己身上。谁都明白，第四季度只要再出一次重大事故，仅仅一次，这个数字就可以轻而易举地突破那条百分之百的红线。百是什么意思？百是千仞山巅，百是万丈深渊，百是火海，百是油锅，百是万劫不复。一想到"百"这个数字，他全身的汗毛就会参成一片钢针。

"林秘书刚打来电话，传吴局的话，下午四点在吴局办公室开会。"秘书说。

秘书说这话的时候，没敢看他，连声音都踮着脚尖。虽然秘书才来几个星期，但是也知道周五下午四点钟被局长召见，轮到谁头上谁都得胆战心惊。

"说是什么事吗？"他问。

"没说。"秘书说。

其实不用问，他大概也猜得出是什么事。这个季度辖区内虽然零零星星地出过几桩交通事故，但是老天长眼，哪件也够不上重大事故的标准。现在离新年只有三天了，可是这三天中间偏偏蹲着一个不祥的周末。这是一年里的最后一个周末，路上将行走着一年中最繁忙的人流和车流：有赶着坐飞机坐火车去探亲的，有赶着开车回家过元旦的，有赶着替公司运送一年中最后一趟货物的……一根烟，一条手机短信，一瞬间的迷瞪，一个急转弯，甚至一个路坑，一秒的闪失，就有可能酿成一起事故。吴局无非是想再亲自叮嘱一遍要站好最后一班岗。其实，用不着吴局叮嘱，他早在两个星期前就已布置了任务，在交通要道和事故常发地点增加了灯光警示牌，配置了更多疏导监控的人手。

三天，还有三天。他已经把心在手里提了两个多月，他还得再战战兢兢地提上最后的三天。只要熬过了这三天，那个血淋淋的百就会被刷新成一个雪白干净的零，他就能从头来过。老婆多次催促他去医院做脑电图检查，他迟迟不肯动身，是因为他知道唯一能治愈他头疼的不是医生，而是太平无事的新年钟声。

绷了一早上的天，这时突然裂开了一条大缝，阳光从窗口探进来，在空中炸开一条白色的光带，他一下子看出了办公桌玻璃面上的灰尘。秘书在屋角整理文件柜，弯着腰，蓝制服裤子里裹着的腰臀浑圆，结实，紧致。这裤子一定是自己改过的，要不怎么能这么合身。他暗想。年轻就是好，就算什么也不说，什么也不做，在屋里走来走去看着都养眼。每个科室都该配备这样一个秘书，那是最有效的减压药丸。后勤科应该把暖气温度再调高一点，让秘书们冬天也能穿裙子，在所有人的眼睛跟前晃来晃去。

"你过来。"他听见自己对秘书说。

秘书放下手里的活，走过来，垂首等待他的吩咐。

他没说话，只是静静地看着她。即使没有镜子，他也知道此刻他脸上的表情一定接近于慈祥，尽管他憎恨这个形容词，因为它和年龄有着某种不清不白的关联。

秘书太年轻，还没有足够的阅历给她垫底，她经不起沉默，低垂的双手开始不安地绞来绞去。

"你们年轻人现在玩什么手机游戏？听说有个什么鸟来着，很流行？"半晌，他才问。

秘书吃了一惊，她没想到悬念竟是以这种方式落地。

"愤怒的，小鸟。"她结结巴巴地提示。

"对，就是这个，你帮我找找，我也想学。"

他打开自己的手机，递给她。

他站在她身后，看着她的指头灵巧地在手机屏幕上滑来滑去，他的眼睛几乎跟不上她的速度。她的指甲修得很好，长长的，尖尖的，泛着一层粉红色的亮光。指甲都能看出年龄。

他想。她还没挨过生活的锉刀，还不知道什么是毛刺死皮裂口和茧子。

突然，手机在她的掌中扭动起来，发出一声含糊而暧昧的呻吟。紧接着，便是一阵震耳欲聋的乐曲声。那是《嘻唰唰》的旋律，他设置的手机铃声。那本该是一段没心没肺的乐子，叫人听了忍不住想扭一扭腰肢和胯骨，可是这一刻听起来，不知为什么却有一种不祥的凄厉。他闭上了眼睛，不敢看显示屏上的那个来电显示。

天爷，千万别是，那个号码。

他默默祈祷。

"是林科。"秘书告诉他。

他的心咚的一声坠了下去。

该发生的，还是发生了。他终究没有熬过，这最后的三天。

褐斑，还有梦想

"你儿子的房租又涨了五十美金。"

妻子拎着一条滴着水的洗碗布，从厨房里探出身来说。

刘主任正躺在安乐椅上看报纸。还没看完一段话，字和字就开始相互进犯，打成了一团。作为一个有二十多年临床经验的医生，他深知在消灭完一大碗鱼头汤和一整只螃蟹之后立即进入午睡状态，有可能导致他急救过的许多病人所患的那些疾病，可是他顾不得。在重症监护室连轴转了一整天之后，他甘愿用几年的寿命来换取这一刻的放纵。

阳光很暖和，落在眼皮上酥酥痒痒的，隐隐有几分重量，叫人几乎忘了这是冬至向小寒过渡的严冬时节。上一次在阳光里午睡，是哪一年的事了？五年前？十年前？或许还是在读医学院的时候？那时候，他像马一样精壮，在课堂和实习之间，还可以挤进一场篮球赛；那时候，他不挑太阳，太阳也不挑他，随便在哪里的草地上一躺，还没来得及感受阳光在眼皮上的分量，就能立即入睡。他见过多少个版本的太阳啊，巴尔的摩的，旧金山的，斯德哥尔摩的，阿姆斯特丹的，还有……思绪也开始相互啮咬，变成了一团团边缘残缺不齐的云雾。手里的报纸咚的一声落到地上，他倏地惊醒了，醒得干净彻底。睡意来得急，去得也急。他终于明白，在重症监护室工作了这么多年之后，阳光和午觉都已经和他生疏。

"你儿子又要换车，说那辆丰田老了，去医院实习的路上死过几回。"

妻子刚刚结束了一通越洋电话，正在向他转述电话里的内容。妻子说话的语气和神情，仿佛是一个后妈在对现任丈夫抱怨前妻所生的孩子。

实情当然不是。儿子是他的儿子，也是她的。他们唯一的儿子现在在约翰·霍普金斯大学的医学院读书，而那所大学，也是他的母校，他在那里获得了博士学位。

妻子并不是真的在抱怨。妻子只是借着儿子的口，提醒他下一笔汇往美国的生活费，要加大力度。

其实，儿子是一个好儿子，很少乱花钱。儿子三年没回来过暑假，就是为了能打一份暑期工，添补生活开支。儿子的成绩一直很好，这个学年甚至获取了一笔对医学生来说相当不易的奖学金。只是像约翰·霍普金斯那个级别的医学院，从来就不是给穷人家的孩子预备的，最基本的费用对许多家庭来说就已经是个天文数字。

他坐起身，想去够落在地上的那份报纸，腰身一扭，突然打了一个响亮无比的饱嗝，喉咙和舌间泛上一丝酸辣交织的午餐记忆。

"今天的剁椒鱼头，实在是太好吃了，多久没吃过这么正宗的辣了。"他由衷地赞叹着。

妻子已经洗完了碗，正站在厨房通往客厅的过道上，往手上抹防裂霜。

妻子抬头看了他一眼，半晌才说："怨谁呢？你什么时候在家里吃过饭？"

妻子的确是在抱怨。她在抱怨她的孤单。这些年里，很少有一个轮休日和节假日，他是待在家里陪伴她吃饭的。他不是在飞机上，就是在汽车里，赶往一个又一个熟悉或者不那么熟悉的城市，一次又一次有意义或者不那么有意义的会诊，一场又一场有意思或者不那么有意思的讲座，仅仅是因为那些场合能够帮着充填他钱包里那个工资所不能填满的巨大空缺。

妻子的抱怨是一件粗布面的棉袄，手摸上去略略有点糙，可是内里绗的却是温软的体恤。妻子担忧一匹老马是否还能负得动比年轻时更重的轭，妻子害怕一匹幼驹能否有足够的耐力爬上路途尚且遥远的山巅，妻子忧虑一个女人在孤独地度过中年之后，是否还有力气孤独地迎接老年。

他沉沉地叹了一口气。或许，当时他应该听从妻子的建议，让儿子在国内的医学院毕业之后，再去美国深造，就像他自己当年那样，而不是在高中毕业之后就把儿子匆匆地送出去，从而把全家绑上了一驾卸不下轭的战车。

他伸手捡起地上的报纸，翻找方才被睡意狙击的那一页新闻。突然，他愣住了：他发现他的右手背上，有一个褐色的斑块。它浅浅地潜伏在皮肤之下，似乎随时准备要在表层开出一朵邪恶的黑色的花。皮肤的细褶从它中间穿过，为它营造了一丝居心叵测的笑纹。他知道这块斑的医学名词叫脂溢性角化症，它有一个更通俗的名称叫老年斑。它是什么时候出现的呢？昨天下班洗澡的时候，他似乎还没有注意到它的存在。莫非它是在昨夜不安的睡梦里找到了可以繁殖的土壤？在它身后，还有多长的一支队伍在等待着陆陆续续地登场？

其实，这不是它的第一次亮相。早在实习生们见到他时毕恭毕敬的眼神里，早在他发现自己和住院医生们一起吃饭却根本无法加入他们的谈话时，早在他把儿子发给妻子的电邮里提及的 Abercrombie & Fitch①当成一家新药厂的名字时，那个貌似无辜的褐色斑点，就已经明明白白地印在了他的额头上。所有的人都看见了，只有他还蒙在鼓里，像是一个被周围的人严密地封锁了病情的晚期癌症病人。

他刚刚过完了五十三岁的生日，他一直以为自己来日方长，直到这块褐斑意想不到地冲出来，戳破了那个年富力强

---

① Abercrombie & Fitch，阿贝克隆比 & 费奇，1892 年创立于美国纽约的百年老店品牌，是美国大学生最热衷的休闲品牌之一。

的肥皂泡。他还有许多个梦想没来得及展开。他曾想到过去非洲，去海明威描述过"乞力马扎罗山峰的雪"的地方，开一个小小的诊所，培训一批在没有先进仪器的情况下依旧可以靠经验做出快速诊断的基层医生，教年轻女孩子如何简易而有效地节育，给边远乡村的产妇接生。他也想过在远离城市的地方买一个小木屋，重拾小时候只冒了一个尖就被掐断了的绘画兴趣。

当然，这些都还不是他最大的梦想。

在他还未考入医学院的时候，他就梦想有一天可以成为眼科或者脑神经外科这样精细得像绣花，无人可以轻易替代的专科医生。而在五十三岁的当口，站在急诊科主任的位置上，他才恍然大悟，他已经做了一辈子的守门员，恪守职责地守护着生命的大门，却始终无缘探索生命的景深。

太晚了，太晚，他的手背已经出现了第一块褐斑，他已经没有力气再去展开一个停留在草图阶段的梦想。他只能期待他的儿子，那个约翰·霍普金斯医学院四年级的学生，能从他手里接过那份草图，再把它演绎成一张完整的设计图纸。

这时，挂在衣架上的大衣突然颤动起来，发出一声被蒙住了嘴似的瓮声瓮气的呻吟。那是他的手机。轮休日的手机声多少让人有些心神不宁，他犹豫了一下，决定不接。可是手机很有耐心，一遍又一遍，循环往复，把暧昧的呻吟渐渐演绎成刺耳的絮叨。

妻子终于忍受不住了。妻子从大衣口袋里取出他的手机，戴上老花镜，看了一眼来电显示，神色就有些慌张起来。

"辛头。"她对他做了个手势。

辛头是新上任的院长，直接分管重症监护室，是他的顶头上司。

他拿过手机，刚接起来，就听见耳朵里炸进一句接近于气急败坏的斥责：

"连我的电话你也不接了？"

他想解释，却来不及，辛院长没有给他留一丝缝隙。

"车已经等在你楼下了，赶紧到急诊。"

"发生了什么事？"他问。

"等着你上艾克膜。急诊那几个人都是二把刀，全院只有你接受过那个柯什么的培训。"

辛院长说的是柯文哲，台大医院创伤部主任，有人称他为亚洲艾克膜之父。可是此人在业外几乎完全无闻，况且此时离他以无党派人士身份成功竞选台北市市长，还有小小的几步路，难怪辛院长记不得他的名字。

"是个什么情况？"刘主任一边穿大衣一边问。

"五十七岁的男人，车祸，多发伤，深度昏迷，双侧瞳孔散大，没有自主呼吸。用去甲肾上腺素血压才升到60/40，血氧上了呼吸机才到40，很快就要维持不住。"

"值得上艾克膜吗？"他问。

片刻的犹豫之后，他听见辛院长说："不值。"

"家属知道不值吗？"他问。

"家属知道没有医治意义，他们只想维持。"

"那，费用呢？他们清楚吗？"

这是一个他不得不问的问题。

艾克膜是院里最昂贵的医治手段之一，插管的费用接近四万，每天都需要上万元来维持。加上其他的辅助设施，这一张账单很快就会长到没有尽头。

"这是他们自己的意愿，费用应该不是问题。"辛院长说。

在急诊室刘主任已经见惯了各式各样的扯皮，为方案，为时间，为费用，为责任，可是有时候他依旧像个实习生似的忍不下好奇。

"为什么？"他问。

电话那头是几秒的沉默。

"这个情况比较复杂，见面再说。"辛院长说。

他进了电梯，妻子追上来，从电梯缝里塞进了他的围巾。

电梯里的接收效果很差，辛院长的声音被剪出大大小小的洞眼。

"……对医院……你本人……没坏处……"

谁是 Q？

丈夫起床的时候，其实她早就醒了，只是没吭声。这阵子她的睡眠就像是一张稀薄的绵纸，一个翻身，一声鼻息，一缕没有成形的思绪，都可以轻而易举地在那上面捅出一个无法修补的窟窿。

她看了一眼床头的电子钟，六点二十五分。今天丈夫比平常早起了一个小时。昨天入睡前他说过今天茶叶基地有个新项目落成，他要一早赶过去参加剪彩仪式，她随口问了一句是朱家岭基地吗。他含含混混地应了一声，听不出是承认还是否认。她其实完全可以继续追问下去的，只是她还不习惯那样的对话方式。

透过洗手间半开的门，她看见丈夫的脸贴在那块玻璃镜前，手里捏着一把小牙刷，正在给鬓角补黑。自从丈夫提了总经理之后，头发白得很快。开始时是她嫌他老相，总追在他身后要给他染发。他拗不过，只好从了，神情不耐烦得像是被迫卖身的青楼女子。

渐渐地，她发现他不再在家里洗头，每个星期都会去发廊正儿八经地染一次头发。剩下的那六天里，每天早上起床，他都会用从发廊买回来的一种不需洗涤的简易补色剂，追杀那些在夜里趁他不备时偷偷钻出来的白发茬。它们有多快，他就有多快；它们有多鬼，他比它们更鬼。

"公司形象。"

当他在镜子里发现了她的眼睛时，他总会这样对她解释。她从前信，现在却也信也不信。她隐隐觉得公司是件大袍子，底下藏了许多她也许知道也许不知道的东西。看着丈夫在镜子前全神贯注的样子，她的心情有些复杂，就像是一个师傅辛辛苦苦地敦促徒弟学一门手艺，一觉醒来，发现徒弟的技艺不知不觉间已经超过了师傅的期许。可是徒弟拿着这门手艺满世界显摆，目的却不是为了取悦师傅。

嗡。

丈夫的手机在那边的床头柜上轻轻地哼了一声。不，那不是声音，那只是一下轻微到几乎难以察觉的颤动。

这是丈夫的疏忽。

丈夫的手机几乎从来没有离开过他的视线，即使是睡觉，他也会把手机严实地压在他自己的枕头底下。丈夫下班回家，总是预先把手机调到静音模式。他说是为了不吵扰她，她从前信，现在却也信也不信。现在丈夫的每一个举动，似乎都隐含了另外一种她以前从未想过的可能性，比如他在镜子跟前的专注神情，比如他给公文包新设置的密码，再比如他接电话时压低了的嗓音，尽管丈夫的解释听起来无懈可击。

她信了他一辈子。一辈子搭建起来的信任，怎么只需要一刻，说塌就轰地一下塌了呢？

那一刻就发生在昨天。确切地说，是从昨天她洗衣服时在他裤兜里发现了那张收据开始。

那是一张古驰专卖店的收据，一只手袋，一万三千五百元。票面上印的日期，是一个星期以前。

她站在洗衣机跟前，手里捏着那张收据，身子抖得像一片风里的叶子。那张小纸片像只尖嘴的虫子，沿着她的神经爬来爬去，随心所欲地下着牙，于是她的思绪，就被咬成了一根根断线，有头的没尾，有尾的没头。一直到晚饭之后，她才渐渐冷静下来。

千万不能冲动。她暗暗告诫自己。

这张小纸片的背后，也许是一条简单明了的大路，也许是许多条幽暗诡秘曲折的羊肠小道，除非她知道出口，否则她不能轻易捅破那张纸，陷入那些进去了就可能永远也走不出来的歧路。

昨天晚上丈夫参加公司年底的员工会餐，回家很晚，人也显得有些疲惫，没说几句话就睡下了。当他充满酒气的鼻息拂过她的耳畔时，她几乎有些如释重负。她庆幸他没给她机会，因为她还没想好怎么开口，拙劣的开场极有可能导致全军覆没。她输不起。

今天吧，还有今天。丈夫说早上的剪彩仪式完毕后有饭局。现在风声紧了，一切从简，但庆功饭还是要吃上一顿的。这顿饭可以是一个小时，也可以是半天。她还有整整一个上午，加上至少半个下午，可以想清楚每一条羊肠小道的进口和出路。

丈夫的手机还在持续不断地发出振颤，洗手间里的水开得很大，他听不见手机的求助。她侧过身去，看见显示屏上跳动着一个大写的Q。她不知道这是英文字母，还是汉语拼音的缩写。丈夫通信录上的名字，通常都是汉语输入，这个简洁到极致的Q字，突然就萌生出一丝藏头掖尾的含糊和暧昧。

"隐藏得太深，其实也是一种暴露。"

她突然想起了不知从哪部谍战片里听来的台词。

她的脑子飞快地旋转起来，搜集着他们熟人中间可能与那个字母相关的姓名。

裘晓露，他公司的海归财务；仇国毅，他的大学同学；秋月，她表妹的女儿；钱珊珊，他公司的行政助理；邱文，朱家岭基地的业务经理。

她把这几个名字在脑子里抛扬筛选着，比较着他们和那个古驰手袋之间的距离。她最先排除的是仇国毅，因为他是个男人，而且比丈夫年长。其次，她排除了秋月。秋月是他们的小辈，一直居住在澳大利亚，多年未曾联系。再其次，她排除了裘晓露。她听丈夫说过这个女人和董事长有一腿，丈夫再大胆，也不敢在上司的碗里偷食。想到钱珊珊的时候她有些犹豫，但最终还是把她排除在外。钱珊珊刚休完产假回公司上班，以她自己的经验来判断，这个阶段的女人，除了孩子之外，很少有多余的精力关注别人。

剩下的，便只有邱文了。她没见过那个女人，也没有任何证据可以证明那个女人就是丈夫手机里存的那个大写字母。即使她证明了邱文和 Q 之间的关联，从 Q 到古驰手袋中间，也还隔着千山万水的路途。

不过，排除法本身也是一种证据，它至少提供了通往证据的第一步路。

兴许，它还不仅仅是第一步路。

她想起了昨晚她随意问到朱家岭时，丈夫脸上的那丝不自然神情。还有，在茶叶市场如此恶劣的竞争环境下，丈夫公司在朱家岭的项目却开拓得如此顺利，短期资金回笼并不是奢望。

当一个人睁大眼睛时，就能从每一件熟视无睹的事情上，突然发现蛛丝马迹。

她暗自感叹。

手机终于疲软无奈地停止了振颤。

丈夫从洗手间里走出来时，已经梳洗穿戴完毕。丈夫今天穿得很正式，铁灰色的双排扣西服，里边是一件带细隐条的白衬衫，领口系着一根青灰色夹杂着芝麻点的丝绸领带。丈夫的行头看上去布料厚实，做工精致，却没有一样是名牌。丈夫小时候家境贫寒，到现在也没有改掉小心翼翼的消费习惯。丈夫几乎从不光顾品牌商店——除了那只现在不知挎在谁臂弯里的古驰手袋。丈夫需要置办行头的时候，只会去那几家经过十数年的筛选而最终沉淀下来的国产老店，而且只在打折的季节。从那些店里买来的衣装，穿在丈夫身上时，总让人感觉价格比实际支付的昂贵得多。那是因为丈夫的眼光，也是因为丈夫的身架。在这个岁数上，丈夫依旧腰杆挺直，小腹上虽然有几丝隐约的赘肉，但这几丝赘肉实在分布得太到位了，几乎可以被轻而易举地理解成关于阅历的暗示。假如你可以忽略他鬓角即使看守得再严实还会偷偷逃窜出来的几根灰丝，乍一看，他几乎还像是一个在四十的某一个阶段徘徊的青壮汉子。

"你的电话，响了很久。"她指了指床头柜对他说。

"吵醒你了？"他问她，却并没有马上过去看手机。

"Q是谁啊？"她闲闲地问，又马上用一声咳嗽，遮掩住了声音里那一丝轻微的颤抖。

"同事。"他若无其事地答道，她发现他的眉毛轻轻地挑了一挑。

他弯下腰去拿他的公文包，她在这短暂的间隙里酝酿着下一句话。

"这么神秘啊，一个字母。"

她想给这句话涂上一层幽默的油脂，不知怎的，话一出口她就觉出了干涩。

"哦，那名字太难写了，我懒得写。"他说。

话走到这一步，就几乎走到了死胡同。当然，假若什么也不顾，死命往前拱，她总是可以拱出一条路来的。可是，这不是她惯常的姿势。即使他没觉得，她也会憎恶自己的没脸没皮。

"今天你抽空和豆豆视频一下，问清楚航班信息。"他吩咐她。

豆豆是他们的女儿，五年前移民去了蒙特利尔。豆豆去年夏天生了一个儿子，元旦过后要带儿子回国探亲，他想和妻子一起去上海迎接他们从未谋面的外孙。

"老路。"

他走到门口的时候，她突然叫住了他。

他疑惑地回过头来，她犹豫了片刻，摇摇头："算了，晚上回来再说。"

他替她关了灯："再眯瞪会儿吧，上班还早。"

门关上了，他用钥匙锁上了保险栓，脚步声渐渐消失在走廊那头。

是的，她还可以再睡一会儿。岂止是再睡一会儿，她想睡多久就可以睡多久。她今天不用上班。

她永远也不用上班。

昨天上完最后一堂课回到办公室的时候，校长已经等在那里，桌子上放着一盒包装精美的比利时巧克力。

她有些吃惊。她在少艺校已经工作了将近二十年，校长换过了好几届，哪一届也没送过她礼物。

校长漫无边际地说了些闲话。校长说话的时候没有看她，只是低头摆弄着巧克力盒上的缎带。

电闪雷鸣间，她突然就懂了。她没搭茬，只是静静地收拾着抽屉里的物件。

"学生家长反映……"校长终于嗫嚅地进入了正题。

"他们希望，希望学校能够聘用，年轻一些的老师。"

家长没错，校长也没错，错在她自己。她这个年纪的女人，在哪个行业都是老妖精了，她已经是长江后浪推前浪中的那个前浪。

不，她不是今天才成为前浪的。早在二十三年前她所在的歌舞团解散了的那天，她就是前浪了，现在她只是前浪留下的一团泡沫。她的姐妹们在比她年轻很多的时候就退休了，她却一直在这所艺校工作了这么些年，拿着羞于启齿的薪水，仅仅是因为她舍不下舞鞋踩在地板上的温软灵动的感觉。她觉得哪一天轮到她非得脱下舞鞋，她就离死不远了。

终于，在十九年之后，她像一块使脏使烂了的抹布，被人扔了出去。没有预先通知，没有欢送仪式，因为她只是临时工，不在学校的正式名册上，他们也没签过任何劳动合同。

没有人会记得她在还是一块新布时的色泽和光亮。

"要是你愿意，我可以给你介绍，做广场舞的教练。"

走出办公室的时候，她听见校长在身后说。

假如她还是不情愿脱下舞鞋，那么，她就只配教那些膀大腰圆，穿戴得花红柳绿的老太太了。

她又眯眯瞪瞪地睡了回去。觉依旧浅，中间破着大大小小的洞。睡睡醒醒的，她再一睁眼，竟然已经错过了午饭的时间。

她懒懒地起了床，梳洗过了，走进厨房，想给自己煮碗面。拧开煤气，煮上了水，突然又改了主张——她腻味了自己煮的饭。听说时代广场的二楼新开了一家港式茶餐厅，可以喝下午茶，有各式广东点心。她从来不舍得在这个级别的餐厅消费，今天她要去试一试，一个人。

吃饭不是她唯一的目的，吃饭只是开始。吃完饭，她会照着那张收据上的地址，找到那家古驰专卖店，买一只和收据上一模一样的手袋。买回来后，放在家里一开门就可以看见的那张茶几上。手袋旁边，会并排摆放上那两张数目相等日期相隔一个星期的收据。然后，她会静静地坐在沙发上，等着看丈夫进门时的惊讶表情。

当然，还有惊讶之后的那个解释。

她打开自己那个多年前买的，边角已经磨破了皮的手提包，检查过了皮夹子里那张几乎没怎么用过的信用卡，然后走出了门。

这个冬季实在不像是冬季，风吹在脸上几乎有些暖意。她抬头看天，天已经阴阴晴晴了好几个来回，隔着薄薄一层雾霾，太阳看起来像一张没来得及梳妆的脸，有些憔悴苍老，照在身上却依旧叫她觉出了冬衣的重。她突然注意到，门前那棵叶子早已落尽了的梧桐，枝条有些臃肿。她再仔细看了一眼，才发现那是些隐隐的包在枝条里的新芽。

天。她的心猝然抽了一抽。

草木不守时，要有灾祸。

她想起了小时候母亲跟她说过的话。母亲说多年前院子里的一棵桃树，突然在正月里开了花。那年城里闹武斗，死了很多人。

这时，她口袋里的手机响了起来。她拿出来一看，是个陌生的号码，便顺手掐灭了。这阵子广告电话实在太多，她接得有些腻烦。可是电话很固执，一遍又一遍地在她的手中吼叫着，直到嗓音嘶哑。

她终于接了起来。

"我姓王，是交警大队的。"那头说。

那头说话的声音很急，她听见了，却没有听懂。电话从她的手里掉落下来，擦拭得铮亮的塑料面在人行道坚硬的路沿上磕开了一条似笑非笑的裂纹。

皮球，到底该落在哪里？

廖总来到茶座包厢的时候，女人已经到了。

女人侧身对着窗外坐着，肩胛骨在黑毛衣里挺出两个小小的棱角，脖子和肩膀的线条消瘦，柔和。

到底是搞文艺出身的，摊上这等事，还能坐得那么直。童子功已经刻在骨骼里了，什么衣裳也盖不住。

廖总暗想。

她是一个人来的，他却不是。此刻公司的律师、办公室主任，还有行政助理，正坐在隔着薄薄一层板壁的另一间包厢里，密切监控着这里的一举一动，做好了一切应急准备。一旦发生撒泼、撕闹、昏厥等事件，他们会在第一时间冲进来救急。

这些，女人并不知道。

女人的女儿在国外生活，娘家和婆家的人也都在外地，他们这会儿正赶在前往这个城市的路途中，今天晚上，或者明天早晨，就将出现在他面前。他们是她的战略参谋、挺进队、工兵团、掩护部队，他们将随时为她提供谋略、兵力、武器，为她排除各种她可能看不见的陷阱。在女人的全套人马到来之前，他必须先攻克她的心，至少在她的思维模板上抹下一笔色调。

窗外有一条小河，河上有一座双孔石桥。岸边是一排青瓦白墙的江南民居，屋檐上垂挂着一串串绵纸糊的灯笼。河是人造的，桥也是。就连矮房和铺着石子儿的街道，都做过旧。在钢筋混凝土堆积成的都市里，水是一样奢侈品，即使是人工挖掘的运河，所以那条步行街上挤满了周末看水的行人。孩子们手里捧着棉花糖和气球，从这头跑到那头，大人半真半假地呵斥着他们的淘气。持续了几天的雾霾到今天也没完全散去，灯笼上的红显得有点脏旧。他其实很想走过去，放下落地窗上的百叶帘。他实在不愿在这个时候，让女人看见任何能产生节日和团聚联想的景致。

"元元。"他喊了她一声。

他可以叫她路夫人，也可以叫她林女士，但他却选择了元元。关于这个女人，他已经做足了功课。他知道她的全名叫林元梅，熟悉她的人，都管她叫元元，因为她是元旦那日出生的。

她转过身来，茫然地看了他一眼。那一眼几乎不能算是看，因为女人红肿的眼睛里几乎找不见眼珠，那一刻女人的脸就像是一座略去了眼睛细节的拙劣的城市雕塑。

"老路这一辈子，都贡献给茶叶了。纪念他的最好办法，是让后世喝茶的时候就能想起他。董事会刚开了个紧急会议，一致决定在朱家岭，我们最新的茶叶基地，给老路建一块纪念碑，让他的名字能永远流传下来。"他说。

这个开场白他几乎想了整整一夜。死亡太绝，在死面前，所有的补偿都是苍白无力的，即使是钱。钱已经被用得太烂了，他不想再用这么烂的一样东西，为他今天的想法开路，尤其在这么一个女人跟前。所以他才想到了永恒。

当然，这样的开场白虽然具备创意，却并非没有风险，因为此刻老路还没死，至少还没全死。

他从公文包里取出一个盖子拧得很紧的保温杯，放在女人面前。他摆弄杯子时的神情很小心谨慎，仿佛那是一件刚出土的明代瓷器。

"这是食堂的大师傅特地为你煲的汤，银耳木瓜，去火清肺。大师傅是广东人，懂得煲汤的原理。知道你这两天大概不会开伙，从今天开始，他会专门给你开小灶，每顿三菜一汤，让办公室送上门。"

女人呆呆地望着他，仿佛他说的是一门她还没来得及学会的外语。

"你是一个了不得的人，听说十七岁就获得了省级会演一等奖，当年一曲《绣金匾》，听得台下刚平反的地委书记不顾身份号啕大哭。你晓得分寸，做事有主见有原则，不像那些上不得台面的家庭妇女。老路有你，是他的福气。"他说。

女人脖子上系的那条黑丝巾，轻轻地颤了一颤——她大概想起了一些连她自己似乎也已经淡忘了的陈年旧事。他知道他已经在她花岗岩一样严实的情绪巷道里凿开了一丝细缝，他已经把她举到了一个供人仰视的位置。一旦坐上这个位置，女人就得三思而行，再也不能轻易做出与之不符的举止。

"我知道，你是想等其他亲属到了再一起商讨解决方案。这当然是好事，不过，有的时候人一多脑子也容易乱。所以我建议我们两个人先单独会一面，这样，你想说什么就说什么，气氛随意，也不做记录。"

女人依旧沉默，红肿而失神的眼睛像两个找不到进口的洞穴。情绪虽然裂了一条缝，可是从那条缝望进去，依旧是一片看不出细节的昏聩。

他沉沉地叹了一口气。

难啊，实在是难，经营一家公司，难得几乎像养大一个多灾多病的孩子。这几年市面上雨后春笋般冒出来几十家良莠不齐的茶叶公司，拼价格，拼包装，拼名家推荐，拼移花接木的历史渊源，拼东编西扯的神话故事，把市场搅成一团浑水。他的公司一直浅浅地浮在水面上，不至于淹死，却也活得辛苦。朱家岭的项目本来是翻身的希望，可是就在公司从水里爬上来，一只脚已经踩在岸上的时候，却出了这档子事。这件事可能把公司这几年积攒起来的微薄利润和将来的盈利前景，通通赔个精光。

出事的那辆车里总共有四个人，两个当场死亡，其中一人是司机。司机的案子是四个人里最简单的，他是老员工，早就上了五险，只要走正常的索赔程序就可以了，搭上的至多是人工。车里的另外三个人中，有一个受了伤。那人是新员工，还没来得及签署正式劳务合同。幸亏伤的是皮肉，医药费应该在可以预见和掌控的范围之内。最麻烦的是另外那个当场死亡的人。此人不是单位的员工，但这次却是为公司的项目出差的。家属已经聘请了律师，要证明临时雇佣关系——那必定是一场昏天黑地的恶战。

还有老路。

老路的问题虽然不是最棘手的，却也有可能演变成一件棘手的事，假若他不立即介入。

"老路的事，我们人事部门已经在准备工亡事故申请材料了。我们的法律顾问，也会随叫随到全力帮你。"他对女人说。

女人还是没说话。

"老路是有单位的，单位会给你做主。"

他开始怀疑自己的战术是否明智。此刻他宁愿女人能从那个高位上走下来，做一些着地的事，比如哭泣、叫喊，甚至厮打，这样至少他能在女人捂得严严实实的想法里找到一个缺口。

这两个晚上他几乎都没有合眼，一直在考虑着应对方案。他知道他必须保持清醒，他若允许自己陷入泥潭，那么淹死的，将不止他一个人，还有整个公司和公司身后的三百多名员工。他把这四桩赔偿案在脑子里反反复复地铺陈着，一遍又一遍地沿着它们的边缘行走，看是否有一条先前忽略了的小路，能导致任何一笔可以削减的费用。

比如那个受了伤的新员工。

新员工是从乡下招来的，一家人都没见过什么世面，算得上是老实人。他们只要求在医药费之外，另外支付三个月的工资作为营养费。他当场拍板同意，并且答应再多给两个月的工资。那家人便不再有话。

他多掏了两个月的工资，是因为他另有着他们所不知道的打算。这几千块钱会在将来的某一天里，为公司省下几百倍的巨额开支。这个新员工是车里唯一一个活下来而且可以开口说话的人，她可以在法庭上做证：车上那个被家人描述成临时雇员的死者，其实已经完成了公家的差使。那人本该留在朱家岭的，却偏偏要跟着公司的人搭车进城——为了她自己的私事。公事和私事，一字之差，却是天渊。

"只要你，通知医生……"他对女人说。他的语气里开始出现第一次磕绊，他知道他已经进入了谈话最坚硬的核心。

"只要你一签字，就可以开始走索赔程序了。"

走出那个磕绊之后，他发觉路就变得平坦了。

女人的嘴唇翕动了一下。她的声音喑哑破碎，过了几秒他才明白她说的是：

"他还没死。"

这是女人第一次开口。

"其实，送到医院，就已经是，脑死亡了。"他说。

"可是艾克膜，可以维持……"女人说。

他终于在女人的想法里找到了一个缺口。他能做的，就是把身子蜷缩成一个细条，挤进那个缺口里，看能不能在里边捅出一个更大的缺口。即使这个缺口不能通往一条平坦的路，至少他也不至于像现在这样捉襟见肘，步履维艰。

"老路的情况，是脑干完全、永久性丧失功能，不可逆的，永远。"

他把一个句子小心翼翼地掰成了几段，像是把一个军团打散成几支小分队，希望总有一支能抵达目的地。

"艾克膜适用的病人，有两种。一种是买时间等待器官移植的，另一种是心肺出现严重功能障碍，但还是可逆的，用艾克膜暂时替代心肺工作，让心肺休养生息。这两种情况，老路都不是。"他说。

这两天里，他不仅对眼前的这个女人做足了功课，他也以惊人的速度完成了急症重症的科普自学课程。这两天的时间里，他已经从一个企业的老总，变成了半个心理学家和急救室医生。

"使用艾克膜，是交警队的意思。三人以上立即死亡的，就是一起重大事故。要是经过七天抢救再去世的，就不列入死亡统计。今年的重大事故率很高，他们要严加控制。可是，这只是交警队的考虑，他们的想法，不见得就是家属的想法。真正起决定作用的，是你。"

他说的是实情，但不是全部的实情。被他隐瞒了的那个部分是：艾克膜不在工伤保险所认定的医药目录上，除非救治单位能证明这是必要抢救。今天他和急诊的刘主任通过电话，旁敲侧击地打听过这到底能不能算上必要抢救，刘主任说老路要是我的家属我可能就不会这么做。他猜想这就是"不算"的意思了。刘主任是老急诊，老急诊和新急诊的区别，就在经验。经验不仅在医术上，也在说话的艺术上。刘主任没有直接使用"是"还是"不是"这样的词，他只是丢给你一句话，让你自己在里头挑意思。他轻轻一挑，就知道是什么意思了。

他知道艾克膜费用这只昂贵的皮球很快将会踢到他那里，他必须趁皮球还在空中的时候就想好接应方式。

"医生说了，艾克膜代替不了真正的心肺，很快会出现血液循环问题，造成血栓，坏死。"

女人的嘴唇又翕动了一下，但这次却没有发出声音。

"你女儿已经好几年没回家了，你外孙还从来没见过外公。你忍心，让他们见到这个样子的老路？"

女人捂住了脸，肩膀剧烈地抽搐起来。女人在哭，尽管没有声音。

他就知道，他先前分头遣送出去的小分队，至少有一支已经抵达了目的地。

"只要你愿意，我们马上就请最高级的化妆师，给老路化妆，让孩子们见到最好的……"

这时，他桌子上的手机突然振颤起来。他已经把手机调到了静音，他本来想在整个谈话过程里不接任何电话，以显示对这个女人的尊重，可这是一个例外。

因为这是交警事故处理中队的王队长。

"老廖，我要和你商量，艾克膜的费用。"王队单刀直入地说。

球已经落到他跟前了，速度远比他想象的要快。

廖总顿了一顿，才说："是不是继续使用艾克膜，归根结底，要尊重家属的意愿。"

电话那头是一阵沉默，王队显然在他的语气里觉察出了前几轮谈话中所不具备的底气。

"老廖，你们企业的年审报告虽然已经交上去了，可是严格意义上来说，今年还没过完，还剩下三十几个小时。如果有好管闲事的人——这世界上总有好事之徒——非要纠缠这一两天的区别，你们的安全生产指标，银行信用指数，会是个什么情况？"

廖总愣住了。

这两天他想得很周全，几乎把每一个细节都想到了，唯独漏过了这件事。年度评审材料一交上去，他就把这件事归在了已完成的单子里，完全忘记了他完成的只是前面部分，后边还露着一片屁股。王队的眼睛狠，嘴也狠，一嘴就咬住了那块裸肉。他几乎无法相信他会犯如此低级的错误。

"那两个已经走了的，有一个不算是你们的人。老路怎么说也是你们单位的员工，他要是死在年底，再加上司机，一共是两人工亡。要是不算他，就是一人。一人和两人，在统计学上属于什么样的百分比关系，你应该比我清楚。"

廖总瘫坐了下来。这两天紧绷起来的精气神，这会儿突然像落潮的水一样退了下去，他疲乏得几乎拿不动手机。

"挨过了年，对所有的人都好。这点医疗费，你们出得起，就算是给医院一个过年的红包。"

王队的声音散落在他的耳膜上，像一群嘤嘤嗡嗡的蚊蝇。他想说话，却找不着句子。

"你顺便转告一下家属，车里有几样东西，需要她来认领。"王队说。

"她就在这儿，你自己跟她说吧。"廖总疲惫地把手机递给了女人。

"路夫人，我们在车里发现了你先生的手机，还有一个放在礼品盒里的古驰手袋。你什么时候过来认领一下？"王队问。

女人抽搐着的身子静止了下来，姿势突然硬得像一坨铁。女人怔怔地望着包厢里那堵被香烟烧出了几个洞眼的墙壁，眼睛里就有了眼珠。那眼珠像两粒炭火，烧着一种莫名的情绪，与其说哀伤，倒不如说更像是仇恨。

她终于知道了，谁是她丈夫手机里存的那个 Q，还有，谁是那只古驰手袋的主人。一团纠结得那么紧的乱线，就这样解开了，被死亡。死亡让精心设计的掩饰猝然失效，死亡叫盖得严严实实的真相瞬间败露。

"路夫人，关键时候，你要有主见，不能听信别人瞎说。我知道你的生日是元旦，再过一天半，你就是五十五周岁了。五十五周岁在赔偿法里属于丧失劳动能力的人，你就可以拿到抚恤金，你丈夫收入的百分之四十。"王队压低了声音对女人说，"抚恤金和一次性赔偿不同，抚恤金是一辈子的，每个月按时到，雷打不动。"

女人仿佛没有听见王队的话，女人只是神情恍惚地挂断了电话。

真相，另一个版本？

刘主任开完院里的科室领导会议，刚走进办公室，护士长就跟了进来。

"六床的家属来了，不肯走，要见你。"护士长说。

六床是路思铨，重症监护室里唯一一个使用艾克膜的病人。

"什么事？"

"要探视。护上告诉她病房里已经有两个探视的人了，她不肯走。"

重症监护室一周开放四次探访，一次一个小时，只允许进两个人。

"谁在里边？"刘主任问。

"交警队的王队长，还有那个受伤的盲人小姑娘。"护士长说。

"那小姑娘不是在留观吗？怎么能让她到处乱跑？"

"她情况很稳定，李副主任说明天可以转骨科病房。她说临走前一定要看六床一眼，谁也拦不住。"

刘主任跟着护士长往外走，远远地就看见路思铨的妻子半个身子伏在护士台上，在跟值班护士说着什么。他听不清她的话，却从满是毛刺的语调里听出了她神情的激动。

值班护士看见他，如释重负。

"刘主任来了，你自己跟他说。"

女人直起身来，定定地看了他一眼。

"我要见他。"女人说。

今天的会议很长，从午饭之后一直开到现在，一个又一个冗长而乏味的发言，磨得他每一根神经都起了茧子。但真正在他太阳穴里磨出一个洞来的，还不是这些发言，而是辛院长的一句话。散会的时候，辛院长叫住了他，问起路思铨的情况。他刚讲了几句，辛头就打断了他，说我信任你做的决定。他走到门口，又被辛头叫住，辛头说老刘你要注意和兄弟单位搞好关系。辛头没说谁是兄弟单位，辛头用不着明说，他和他都知道是交警队。

走出会议室，他才突然想明白了为什么辛头不想听他的汇报。辛头希望他做某些决定，可是又不想在他的决定里有份，辛头只想做可以随时抽身的半拉子知情人。

辛头的话叫他纠结了一路，这会儿他已经没剩下多少精神。他努力地搜刮着残余的耐心，和颜悦色地对女人解释道："路夫人，重症监护室之所以有探视制度，目的是让病人能充分地休息，也防止交叉感染。"

"你不是说过，老路实际上已经死了？死人难道还需要休息？还怕感染？"女人说。

女人的话是一块砖头，猝不及防地砸了过来，他来不及躲闪。他看见值班护士的嘴角，浮起一丝努力压抑了的笑意。

这是他对廖总和王队说过的话。这样的话，他没跟女人说过。他跟女人说的，是另外一个版本，一个意思相同，言辞却委婉得多的版本。

"你把那个姓王的喊出来，换我进去。我搬不动你的护士。"女人冷冷地说。

"王队刚刚进去。"护士长在他耳边轻声提示着。

"他是家属,还是我是家属?"女人说。

护士长还想阻拦,刘主任摆了摆手,对女人说:"跟我来吧,我去和王队商量。"

刘主任一边走,一边在想他的记忆是否出了差错。

这是他第三次见到这个女人,头两次都不是单独会面,女人的身边围着一群人,单位的,交警队的。

第一次见到女人时,她几乎没说话,只是哭。低声的,断断续续的哭,是一种天猝然塌下来,砸碎了一切日常参照物的麻木。第二次见面时,女人基本不哭了,似乎已经接受天塌了的现实。从头至尾,她表现出了克制。那是骨子里的教养浮到表面来的自然姿势,和急诊室里常见的那种哭天抢地把世间所有的灾难都归咎于他人的市井悍妇毫无相似之处。她话不多,听由身边的那些人提着各种各样的问题,做出这样或那样的决定。但是他看得出来她不是没有主见,她只是还没有想定。

可是今天她变了,她像换了一个人,仿佛她体内有一样压抑了很久的东西,被猝然唤醒了。那东西醒了,就再也不肯安宁,在她的眼神、话语,甚至姿势里,焦急地寻找着突破口。他不知道从上次见面到现在的十多个小时里到底发生了什么事情，也不知道到底哪一个版本，今天的，抑或是前两天的，更接近女人真实的自身。

他让女人在门外等，自己进去和王队沟通。

王队很爽快，立即同意了，走到门口，又回过头来握住了他的手。

"队里和局里，都感谢你的配合。"

王队说到"配合"两个字时，压低了嗓门，仿佛那是一个只适宜在耳语的氛围里传播的隐晦词。

王队的手很大，骨节突出，掌心有一道焦硬的疤痕。王队在进入交警队之前，曾经是消防队员，受过伤，也立过功。

王队是真心的。王队的真心没经过包装，裸露着粗糙的毛孔，贴着他的掌心走过的时候，轻轻蜇了他一下。算不上疼，只是隐隐的不适。这些年的行医生涯，早已经让他明白了一个道理：每当"配合"这个词在重症监护室里出现的时候，它都不是孤单的，它有一个贴身的影子，那个影子叫妥协。

他从王队结实的手掌里抽出了自己的手，轻轻摇了摇头。这个姿势很暧昧，可以理解成委婉的拒绝，也可以理解成谦逊的接受。

王队跟在他身后走出病房的时候，迎面遇上了在门外等候的女人。女人几乎是擦着他们的身子走过去的，可是女人的目光里却空无一人。王队的招呼被女人从舌尖冷漠地堵回了喉咙。

王队回头看了女人一眼，脸上浮起了一丝狐疑。

"刘主任，假如医疗方案有任何变动，请事先跟我沟通。务必。"

王队再次握住了刘主任的手。

女人进了屋，在床前坐下，又倏地站了起来，仿佛凳子上爬着一只蜇人的虫子。女人用衣袖擦过了凳子——不是灰尘，而是前一个人残留的体温，才又重新坐下。

上一次见到他，是昨天下午。因为不在探视时间里，她只能站在玻璃门外，远远地看着他。隔着一排玻璃，她只看见了一个被床单和仪器包围了的身体，她甚至很难断定那个人是不是她的丈夫。

现在，近近地坐在他身边，她依旧无法断定。他的头被厚厚的纱布和管子分割以后，只剩下两片脸颊。她的目光在那两片脸颊上扫来扫去，终于找到了一样熟悉的东西。她是从他嘴角向下垂挂的那两条纹路上认出他来的。那是他最惯常的表情，仿佛是在忍受一种轻易不能道与人知的疼痛，又仿佛是在压制一丝刚刚成形的讥诮。他的脑子虽然死了，不能再支配他的表情，可是肌肉有自己的记忆，肌肉在失去脑子的指挥时，依旧可以沿袭自己的老路。

他的脸色停留在青和黄中间的某一个层次上，皮肤上隐隐闪现着一层光亮，像水果店里那些香蕉、苹果表层的蜡。她知道这种光泽在殡仪馆里会有另外一种解释，叫尸色。在上一次的离别和这一次的重逢之间，他又死了一些。

"你能不能让我，和他单独待一会儿？我有话要和他说。"女人对守候在床前的护士说。

护士犹豫了一下，终于离开了病房。

屋里静了下来，走廊的嘈杂被严严实实地关在了门外，耳朵里只剩下管子轻若微风的呍哑声。

血液通过这根管子从人体里抽出来，送进一个铁箱子里，在这里经过氧合处理，加入氧气，去除二氧化碳，然后再送进一个温度调节器里，调整到人体的温度。然后再送进一个圆罐子，它是一个精密操控的泵，它可以把那些吸饱了养分的血液，重新打回到人体之中，维持大脑和身体的基本需求。

刘主任就是这样跟她解释艾克膜的工作原理的。

当然，这是一种医学教科书的科普解释方法。更通俗的版本是：你的心烂透了，你的肺也烂透了，你的心和肺再也无法供养你的脑子。所以，你只能依靠在你体外的那套机器，来取代你的心肺，担负起赡养你脑子的责任，尽管你的脑子和你的心肺一样，也已经烂透。

按照艾克膜的原理，人身上任何一个罢了工的器官，都可以在体外找到一个替代品。

那么，脑子呢？还有脑子里那些比乱线还复杂纠结的想法，也能找到替代品？

女人暗暗问自己。

她情不自禁地打了个寒噤。

她感到了冷，一种与季节与室温毫无关联的冷，从骨头里洇出来，散发到每一个毛孔。她的牙齿开始咯咯地相互磕撞。

名字，也许就是那个名字惹的祸。他叫路思铨，这个名字用他家乡的方言发音，就是"路死去"。他果真，就是在路上出的事。

"你别想就这样走。你还没有，回答我的问题。"

她听见一个声音从两排打着架的牙齿缝间钻出来，尖利，决绝，几乎在口罩上穿出一个洞。

过了一会儿，她才意识到那是她自己的声音。

"阿姨，你别吓着路叔。"

有人在她身后怯怯地说。

她回过头来，才发觉屋角里还坐着另外一个人。一个清瘦的，几乎可以同时归在已成年和未成年两类人中间的年轻女子，隔离服罩住的右侧身子里，鼓出一个大大的三角——女人不知道那是石膏夹板。

也许在进屋的时候她就看见这个女孩了，不过那时看见女孩的只是眼睛，而不是脑子。今天她的脑子罢了工，眼睛递过去的信息，脑子拒收。

"你是那个……"女人犹犹豫豫地问。

女人其实是想说"瞎子"的，那两个字滑到舌尖的时候她觉出了不妥，可是临时却已经找不到替代了，于是那句话就像截了肢的裤腿，空荡荡地瘪着。

"我是茶妹。"女孩说。

"他已经死了，他不会被我吓着。"女人说。

女孩惊讶地看了她一眼，不是用眼睛。

"他还活着，他什么都知道。"女孩说，轻轻地，却很坚定。

女人几乎忍不住要笑出声来。

早上她在茶座里，对廖总也说过类似的话。那是她当时的想法。可是从那时到现在，她的想法变了，所以她再也不会说这样愚蠢的话了。让她改变了想法的，不是廖总，不是王队，也不是刘主任，甚至不是此刻坐在飞机里往这里赶的任何一个家人。让她的想法在某一个岔道上突然拐了弯的，是一只在一辆报废了的汽车里找到的古驰手袋。从那一刻起，他就死了，坚决，彻底，永无更改地死了。

女孩坐在椅子上，神情疑惑而专注。夕阳从半开的窗帘里探进来，落在她的脸上，她的眼皮微微颤动，仿佛在称光线的重量。

女人从那一双因为失去焦距而显得略微呆板的眼睛里，突然看到了一条她从未想过的通往真相的小路。

她把凳子往女孩身边挪了一挪。

"茶妹，那天，去和回来，你都在他的车上？"她问。

车是在回程出事的，在离城里不到五公里的地方。

女孩点了点头。

"那个邱文，也一直在你们车上？"她问。

女孩迟疑了一下，还是点了点头。

"他们，他和那个邱文，在车上都说了些什么？"

女人问这话的时候，回头瞟了一眼床上，压低了嗓门，仿佛那里有一双睁得很大的耳朵。

女孩没说话，但是女孩的额头一会儿鼓一会儿瘪，女孩在想话。

"那天我坐前排，睡着了，没听见他们说什么。"

许久的沉默之后，女孩终于说。

女人站起来，在房子里踱来踱去。女人太疲乏了，几乎抬不动腿。女人那两只套着消毒鞋套的鞋底，在地板上蹭出一些接近于火柴擦在磷片上的嚓嚓声。

"你们都知道的，你们只是瞒着我一个人。"女人喃喃地说。

女人走到屋子的尽头，就走不动了。女人把胳膊做成一个枕头，搭在墙上，将头靠了上去。

过了一会儿，她听见身后有一些窸窸窣窣的动静，女孩顺着她的声音摸索着走了过来。

"阿姨……"女孩犹犹豫豫地扯了一下她消毒外套的后襟。

"路叔给你买了一个名牌包，很贵，说是元旦送给你的。"女孩说。

"哧"的一声，有一样东西火药引子似的在女人的身子里烧了起来，一路蹿过她的五脏六腑，蹿到喉咙，在那里炸出了一个大洞，满脸便都是温热的爆炸物。

她拿手抹了一下，才知道那是眼泪。

你没忘记，我的生日，五十五岁。

女人倾金山倒玉柱地在床前跪了下来，把手伸进床单里，去抓她丈夫的手。

"等着豆豆，你给我等着豆豆啊。"

女人大声说。

突然，女人愣住了，因为女人看清了男人捏在她手里的那只手。那只手的颜色有些古怪。开始她以为是灯光，就转了一个方向，把男人的手和上臂做了一番比较，这才明白灯光说的是实话。男人的手是青紫色的，像在泥潭里浸泡得太久了，泥浆已经渗进了每一个毛孔。

她慌慌地站起来，走到床尾，掀开床单。

他的脚比他的手看起来更加青紫，也更加肮脏。

皇天。

那个被临时抓来替代他心肺的玩意儿，只不过是一件昂贵的赝品，它永远也不可能替代真品。它无法像真品那样，日夜兼程任劳任怨永不停歇地给他身体最边远的区域运送血液和能量。

女人捂着脸冲出了门。

"他的手，还有脚，你知道吗？"

女人冲进刘主任的办公室，慌慌张张地说。

"查房的时候就发现了。四肢缺血导致坏死，这是大剂量使用升压药的结果，也是艾克膜的并发症，只是没想到这么快。"刘主任说。

"有什么办法控制吗？"女人焦急地问。

"截肢，假如不是路先生的这种情况。"他说。

女人震惊地望着他，仿佛他刚刚从嘴里吐出了一条蜈蚣。

"路先生这种情况，本来就没有必要使用艾克膜。这个治疗方案，不是我建议的。"他在说到"我"这个字的时候，加重了语气。

他吃了一惊。这句话在他心里沤了一阵子了，从接到辛头的那个电话起。这句话还没出口他就已经闻到了馊味。他知道他迟早是要把它吐出来的，只是没想到是现在这个时候。

她听得出来他想撇清自己，她突然就被他的语气惹恼了。

"可是，你并没有反对。你是专家，你可以不同意他们的建议。他们不懂，你懂。"

女人的话并不尖利，却很结实，一下子把他杵到了墙角，竟让他无话可回。

半晌，他终于疲惫地叹了一口气，说："对不起，真的，有时候医生也很无奈……"

他原本想说"有时候医生也得做妥协"。他之所以没说出"妥协"两个字，是因为他觉得这个词有些矫情。这些年里他不知道经过了多少次妥协。年轻的时候，尤其是在他刚从美国留学回来的时候，每一次妥协都会让他在事后纠结很久。后来资历渐渐老了，虽然时不时还会为一些事情纠结，但那纠结来得快，去得也快，再也不会长时间地在脑子里驻留了。

她没想到他会跟她道歉，她有些不知所措，两个人就都无话了，听着墙上的石英钟呱嗒呱嗒地在耳膜上划着痕。

"我们任何时候，都可以决定撤下艾克膜，假如你愿意。"他最终说。

"有没有一种办法，可以控制四肢的坏死，我是说，假如决定继续使用艾克膜？"女人问。

刘主任摇了摇头："我真想告诉你有办法，可是我不能骗你。"

"两天。不，一天半也行，从今天晚上，到元旦早晨。"女人低下了头，不愿让他看见她眼神里的乞求。

"工伤保险不会支付艾克膜的费用，因为无论从哪个角度论证，这也算不上是必要抢救。"

话一出口他又是一惊：他以为他还没想好该怎么应付那张躲不过去的鉴定证明，话在喉咙口时还是一股犹豫，一走到舌尖突然就变成了一个决定。

"路先生的单位，现在态度也不明朗。"他提醒她。

"那我自己来支付，我明天早晨就去交款。"她急急地说。

刘主任看着她，沉默无语。

"何苦呢，路夫人？"半晌，他才问。

"我只想，他陪我，再过一个生日。"

女人突然趴在他的桌子上，号啕大哭起来，像个市井悍妇。那根把她的身体和情绪拴成一体的绳子，终于绷断了，女人散成了一地瓦砾。

送走女人，刘主任头痛欲裂，太阳穴里像埋伏着两只螳螂，一边一只，在肆无忌惮地挥舞着大钳。他服了一片强效泰诺，仰着头靠在椅背上，等待着药性发作。

突然，他掏出手机，给妻子发了一条信息。

"赶紧去订两张机票，我们去三亚过元旦，别管多贵。"

发出后，他想了想，又追补了一条。

"儿子的事，先放一放。"

开始，抑或是终结？

那天茶妹坐在化妆室里，又闻见了那股奇怪的气味。

那天她很早就起床了，只洗了一把脸，就被带到了化妆间。化妆师是两个小姑娘，听声音比她大不了多少，一个负责头脸，一个负责服装。

"皮肤不怎么样，不过铺了粉底，只要镜头别拉得太近，整体效果还是不错的。"负责头脸的那个说。

"可惜了，要是眼睛不这样，真可以算得上是个美人。"负责服装的那个说。

两个人你一句我一句地聊着她，似乎她压根就没在场，仿佛她的眼睛死了，耳朵也跟着殉了情。

有人呵呵地清了一下嗓子，那两人立即噤了声。

是路经理。

她们不怕她，可是她们都怕路经理。路经理走进屋子的时候，灰尘都不敢随便飞动。她们怕的是路经理脸上的表情。这是她听公司的人说的。她看不见他的脸，她只听得见他的声音。他的声音很低沉，没有扎人耳朵的尖尖角，所以她不怕他。

"再练一遍台词，茶妹。"他说。

他把椅子挪到她身边，在化妆师给她梳头的当子里，见缝插针地和她又对了一遍讲话稿。她看不见稿子，她必须把一篇讲话从头到尾地背下来。幸好，只有一页纸。路经理说这个讲话是要录像的，而这个录像将来要编进茶叶宣传资料里，送到全国各地，甚至全世界。

所以，她不能出一丁点儿差错。

"别人使用眼睛，我使用鼻子。嗅觉是人类最忠实的朋友，它绝不会欺骗你，也不会背叛你的心。"

说到"最忠实的朋友"的时候，她打了个磕巴。不是她记不得词——她在家里已经背了几个星期了，记得每一个标点符号，只是忍不住有点想笑。"最忠实的朋友"不应该是狗吗，怎么突然变成了鼻子？

"不能笑场。"路经理说，语气有点严肃，"这里会插进一段音乐，你等音乐完了，再过两秒，一，二，你这样数两下心跳，就接着往下说。"

其实这事不归路经理管，公司里有一个专门负责活动执行的小姐。此人这会儿正坐在公交车里，在赶往这儿的途中。此人管活动的每一道程序，每一个细节，包括领茶妹上下台，随时跟踪茶妹的讲话，万一茶妹忘了词，她会在耳麦里轻声提醒。

可是路经理还是不放心，路经理不放心年轻人。

"我出生在茶树下，成长在茶园里，我的鼻子可以带领你找到茶林里最好的那棵茶树……"

"停。"路经理说。

他觉得这一段有些过于空泛煽情。可是来不及了，他不知道怎么改，况且，即使改了，茶妹也没有时间再从头来过了。他只好沮丧地摇了摇头，让她继续。

这时身后的门推开了，屋里响起了一阵笃笃的脚步声。茶妹一下子就听出来是莉莉阿妈，或者说，邱经理。邱经理穿的是高跟鞋，那种细得像锥子的高跟，邱经理走到哪里，哪里的地板就鲜血淋漓。

"天！这一化妆，我都认不出来了。这是谁啊？"

她听见邱经理在大声惊叹。这话是说她的，却不是说给她听的。

"人生在城里，又是另外一种命。"路经理感叹道。

邱经理放下手提包，就开始一扇一扇地开窗。

"都要到小寒了，天还那么热，屋里太闷了。"

哗的一下，窗外涌进来一股子清晨的凉气，茶妹忍不住打了个喷嚏。

就在这时，茶妹闻到了那股味道。一丝隐隐的腥味，不是海货的腥，而是锈铜烂铁的腥，也带着一丝隐隐的金属的重量。那味道沉沉地弥漫在空中，压得她脑瓜仁子发紧。

她记得几个月前的那一天，她在家门前的树荫底下揉捻茶叶的时候，也闻到了这股气味。就在那天，路经理找到了她，告诉她要把她带到城里来。

今天她又闻到了这股气味。今天她已经在城里了，路经理还会把她带到哪里去？

聚光灯下，电视机里。今天她将是整个朱家岭唯一一个上了电视的女子。

她忍不住抿嘴一笑。

"老路没吃早饭吧？我从旅馆里拿了两个茶叶蛋，你先垫一垫。"邱经理说。

突然邱经理哧哧地笑了起来，仿佛拿着茶叶蛋的手被虫子蜇了一口，不是疼，而是痒。

"讨厌。"她听见邱经理低声说。

咚。咚。大概是路经理在桌子上磕茶叶蛋。茶叶蛋很干，他吞咽起来喉结在叽里咕噜地乱窜。

"还有一个呢，怎么不吃啦？"邱经理问。

"饱啦。"他说，"这个留给茶妹吧，今天起得太早，她还没来得及吃早饭。"

"嘴唇都画好了，还怎么吃啊？"邱经理说。

"吃了再画，反正化妆师也是一路跟着。从现在熬到午饭，还有好几个钟点。"他说。

茶妹从来没有在一张椅子上坐过这么长时间，她坐得几乎有些腻烦起来。她不知道眼睛可以被分成这么多的细区，上眼睑、下眼睑、眼皮、眼窝、眼睫毛，刷子在每一个区里一遍又一遍地行走，不厌其烦。

过了差不多一个世纪的样子，才终于化完了妆。茶妹看不见自己的样子，只觉得脸皮很厚，厚得像蒙了一层塑料膜，嘴一扯，膜就裂开一条缝。

管服装的拿出两套衣服，亮给路经理看，问到底穿哪一套。茶妹事先已经知道了，一套是大红绣金花的无袖旗袍，还有一套是翠绿镶银丝的中袖夹袄，配一件黑色长裙。

"当然是大红的喜庆。"路经理还没说话，邱经理就抢了他的先。

化妆师领着茶妹进了更衣室，帮茶妹换上那件旗袍。哪儿都紧，胳膊肘，腰身，小腹，甚至领口，轻轻一动，就觉得身上木偶人似的扯着无数根线。腿上有点凉，她用手一摸，摸出来旗袍的开缝很高。

"我，不穿，这件。"茶妹犹犹豫豫地对化妆师说。

"怎么啦？"化妆师有些惊讶。

"露，太多。"

化妆师掀起帘子，对外边的人转述着茶妹的意思。邱经理就哈哈大笑起来，说茶妹啊人家大老远来开会，不看你的腿，难道还看你的眼睛？

路经理又呵地清了一下嗓子，邱经理就收了声。

"我，不穿。"茶妹的声音很轻，但语气很坚定，像敲进木板里的钉子。

"怎么办？路经理，你决定。"管服装的女孩子渐渐失去了耐心。

"算了，她真不想穿，就换那套吧。这天，露这么多，还是冷。"路经理说。

女孩子给她换上了那套绿色的夹袄，周身依旧还是紧，只是胳膊和腿都包住了，茶妹就没再吱声。

往车里走的时候，路经理喊住茶妹，往她衣兜里塞了一个小信封。

"过年的红包。"他说。

信封没封口，茶妹的手指探进去，轻轻一捻，是五张硬朗得像塑料纸似的百元新钞。

"别把什么都寄回家，一个小姑娘，住在城里，身边总得有几个零花钱。"他轻声对她说。

她的喉咙堵了一下。她其实是想说"谢谢你，路经理"，但不知怎的，话出口的时候却变成了"知道了，路叔"。

茶妹在病房里对路夫人说的话，不都是撒谎，至少有一半是真的。

去朱家岭的路上，她的确睡着了，而且睡得很深。那天早上起得太早，又让化妆师折腾了几个小时，所以车一启动她的眼皮子就开始打架。路经理原本还想让她背一遍讲话稿，却怎么也叫不醒她，只好作罢。车里发生了什么她一无所知，眼睛一睁，人已在朱家岭。

回来的路上她很兴奋，没有半点睡意——她还一直沉浸在早上每一个细节的回忆中。

她没想到自己被引上台的时候，竟然是这样镇静。毁了她的是眼睛，救了她的也是眼睛。眼睛关上了一扇门，门里黑洞洞的，空寂无人。她站在台上，感觉跟站在家里的地板上没有什么区别，除了脸上微微有些发烫，她知道那是聚光灯。她把那篇讲稿从头到尾背了一遍，没漏下一个字，根本用不着别人提词。在背诵的过程里，她加入了一些抑扬顿挫，还有恰到好处的停顿。

恐慌是在她讲完了的时候才到来的，因为整个大厅鸦雀无声。她觉得她踮着脚尖孤零零地站在了一片悬崖上，上不着天，下不着地。过了一会儿，她听见了雷声，轰隆轰隆的，响了很久很久，震得四壁嗡嗡发颤，才明白过来那是掌声，这才觉得脚踩到了地上，放下了心。

接着他们就让她分辨茶叶的种类和等级。茶叶是事先准备好了的，贴着标签，装在纱布包里，放在一个托盘里送过来让她闻。路经理有些紧张。她知道他就站在她身后，呼吸里带着一丝颤抖。她很想告诉他别怕，这事我九岁就会做了，一直做了这么些年。可是她不能。她猜到他们四周都站满了记者，因为她身上芒刺似的落满了他们的目光，他们在目不转睛地监视着她的一举一动，等着她出错，或者露出作弊的蛛丝马迹。

会场的气味很杂，有汗味，脂粉味，烟味，香槟酒味，还有鞭炮爆炸之后的焦纸味。在这么纷繁的气味里寻找茶叶的清香，就像在厚厚的一垛棉花里寻找一根针。还好，她的鼻子就是为了寻针而生的。她分门别类地报出了那些茶叶的标签，只是比平时多费了几秒。从四周一次又一次的欢呼声里，她就知道自己没出错，一次也没有。

最让她头疼的是后来的采访。她再也没有讲话稿可以背诵，她得学会随机应变。有一个记者问她是怎么把嗅觉练得如此精准的，她竟然一时语塞。这个问题太简单，又太复杂了，就像问为什么黑夜过后就是白天一样，她不知从哪里开讲。她愣了足足有几分钟，才嗫嚅地说："眼睛不管事了，鼻子只好当家。"话一出口，她就觉得蠢，觉得给路经理丢了脸。没想到全场听了哄堂大笑，都夸她答得妙。在那一屋嘈杂的笑声里她听见了阿妈的声音，阿妈唏嘘地擤着鼻涕，嘴里叹着"我的娃啊，我苦命的娃"。这是阿妈的口头禅，阿妈只要说起她来，总会用这样的叹息开场。她很想从人群里挤过去，跟阿妈说："我不是那个苦命的娃了，我现在命好了。"

那天茶妹没时间回家，只和阿妈见缝插针地说了几句话。

阿妈说阿爸刚刚买了一辆电动摩托车，简易型的，现在阿爸去县城办事，取货送货，一溜烟就到了，再也不用骑那辆叮当乱响的破脚踏车。

阿妈说弟弟新近报了一个高考补习班，专补英语和数学，是县城里最好的老师教的，一个星期去两个晚上，都是阿爸摩托车接送。

阿妈还说她总算把家里那张睡了二十年的旧棕绷床扔了，学城里人的样子，买了一张席梦思。阿爸睡不惯，说太软了，浑身不得劲。

阿妈絮絮叨叨地说着这些事，就是想让茶妹知道，这些日子她寄回家来的钱，都用在了正道上。茶妹突然觉得自己是个大人了，从前阿爸挑的担子，现在是她来挑了。

"在城里干活不能偷懒，要给那个路经理长脸。"

临别时阿妈拉着她的手，嘱咐了一遍又一遍。

后来终于都完了事，大家去吃庆功餐，路经理拍了拍她的肩膀，说："茶妹哦，茶妹。"她猜想这就是他的夸奖了。路经理很少夸人，茶妹挨了那一拍心里很受用。

回程还是原车原班人马，茶妹坐司机旁边，邱经理坐在后排，挨着路经理。

"茶妹你可出名了，我们家莉莉，倒没有你这个命呢。"邱经理叹着气。

茶妹心里有一句话，噌噌地要往喉咙上蹿。茶妹忍了又忍，终于给咽了下去。茶妹知道那话是一把刀，飞出她的口就要杀人。

那句话是：

"要不，你也叫你们家莉莉变个瞎子试试？"

"茶妹，你总算走出那个破地方了。"邱经理又说。

茶妹听得出来，邱经理来来回回地敲着边鼓，其实就是为了从她嘴里讨一句话，一句感激的话。这句话她本来是该给的，可是邱经理偏偏背着她做了那件事。有了那件事，这句话就长了棱角，磕磕绊绊的，再也走不出她的口了。

阿妈告诉她莉莉阿妈到家里来过，问阿爸讨钱。

"百分之十五的介绍费，不多。你家茶妹一个月挣四千，我只拿六百。"莉莉阿妈说。

"给了介绍费，你家茶妹一个月还净剩三千四。你到乡里问问看，哪个小女子能挣到这个数？明眼的大学生都难，更别说是个瞎子。"莉莉阿妈还说。

阿妈讲的这件事今天一直梗在茶妹心头，茶妹吭不得声，怕一开口就飞出刀子。

"邱文啊，合同签了，总算放了心。"路经理说。

路经理今天喝了很多酒，虽然离醉还很远，可是舌头已经有点厚了。

"这个价格，六个月内支付，还允许退货，你们上哪里找这样的大便宜？"邱经理说。

邱经理也喝了很多酒，可是邱经理没醉。邱经理永远也不会醉。邱经理在村里有个外号叫"酒漏子"，意思是说酒倒进她的肚子里，永远不会撞见底。

当然，这只是她诸多外号中的一个。她还有许多外号，有的能当着她的面叫，有的却不能。

"前几年茶叶卖不动，这些乡巴佬没见过世面，诈唬几句就给吓住了。"邱经理说。

邱经理说到"乡巴佬"的时候，没打一丝磕巴，仿佛她跟那些人没有任何关联，她不是在那个地方出生，也不是在那个地方长大的，她的爹娘，爹娘的爹娘，还有她的儿女，从来就没跟那些人做过邻居。

"诈唬，也得看是谁在诈唬。"路经理慢悠悠地说。

"那当然，乡巴佬就有一样本事：相信乡党。同样的话，你说和我说，效果肯定不一样。"邱经理立刻听懂了他话里的意思。

"所以，邱文，这次的合作，你是头功。"路经理说。

邱经理哼了一声："别把他们想得太傻，过一阵子他们跟外头一比，就知道吃亏了，到时候，你反正在城里，谁来替你堵枪眼？"

邱经理的话听上去像是埋怨，可是埋怨只是外头的包衣，里头似乎裹了一丝欢喜。在这之前，茶妹从来不知道，埋怨和欢喜还能拴在一起。

"你的辛苦，我都记得。"路经理说。

路经理今天的喉咙里，像装了一节快要耗完电的电池，每一句话从那里走出来，都有点变调。

后座有一阵小小的骚动，好像有人坐上了一只蜜蜂，得赶紧挪座。

"讨厌，路思铨。"

邱经理哧哧地笑了起来，贴着路经理的耳朵轻轻说了一句话。这句话轻得像风，可是茶妹的耳朵就是为风而生的，茶妹听清了她说的是"司机"。

路经理呵呵地笑了，说："没事，他是我兄弟。"

"挪开点，我热了，要脱衣服。"邱经理说。

一阵窸窸窣窣的声响，邱经理在脱大衣。车里突然泛起一股奇怪的味道，不是香水，不是脂粉，也不是酒。过了一会儿茶妹才想起来，这是春天村里牲畜发情时散发出来的那种腥膻。

"那你打算，怎么记呢？"邱经理似乎推了一下路经理。

"记什么啊？"路经理疑惑地问。

"我的辛苦啊，你说的。"

路经理没回话，仿佛低头在找什么东西。东西似乎很大，卡在座位底下。唰啦唰啦地折腾了半天，他才终于把它扯了出来。

"这个给你，算是一点，谢意。"他说。

邱经理接过来，开始刺啦刺啦地撕着包装纸。包装似乎很厚，撕了一层又一层，才终于撕到了心。

邱经理看着那样东西，哦了一声，却没有说话。

"盒子压瘪了，破了相，东西是正儿八经的法国货。"

路经理吃不准女人的沉默是什么意思，就开始解释。

邱经理扑哧一声笑了，说："你当我乡巴佬？我知道那是什么东西。我表妹的女儿也有一个这个牌子的包，是她男朋友从巴黎捎过来的。很贵，要一万多块钱。是这个价吗？"

"起码。"路经理说。

他听出来女人是喜欢的意思了，才放了心。

"你们廖总，那个老抠门，也该着他在我身上花点钱了。"邱经理愤愤地说。

路经理用手狠狠地拍了拍椅背，仿佛遭了天大的冤屈。

"你糊涂啊，邱文？现在全国是个什么形势？你以为我们廖总能犯那样低级的错误？这是我自己掏腰包买的，你懂不懂？"

女人怔了一怔，半晌，才压低了嗓门，说："老婆那儿交不了账，我可不管。"

男人也压低了声音，说："你老公都没事，我还能有什么事？"

两人同时大笑了起来。他们笑了很久，后来那笑声渐渐低软了下来，两股化成了一股。

镜子里有个天地

外边有片大天地，镜子里有片小天地。

我是说车镜。

镜子里的天地按道理说是从外头的天地里挖出来的一小块，可是很奇怪，镜子里的天地远比外边的天地精彩。打个比方，假如世界是个大秀场，外边的那块天地就是外衣秀，镜子里的那块天地就是内衣秀。外衣秀也好看，总归没有内衣秀刺激。外衣秀要看就能看着，而内衣秀却是要挑场所的，只有少数人才能看到。

我就是那少数人中的一个。

我开了三十年的车。从最早的菲亚特，到后来的桑塔纳，再到后来的奥迪，再到现在的宝马。车换了一茬又一茬，我的身份却一直没变：我始终是一个没有自己的车，永远替别人开车的司机。

三十年了。三十年我在车里听过多少平常人听一次就有可能变聋了的幽暗秘密，我从车镜里看见了多少桩寻常人看一眼兴许就要变瞎的蹊跷事情，可是我既没变聋也没变瞎，依旧听得明白看得清楚。

比如这会儿车后排正发生着的事。

后排坐着的那一男一女，女的是我们的合作方，见过几面，却从没说过话——她不屑和司机搭话。男人曾经是我的兄弟。我们在一个院子里住了十几年，我吃过他家的菜泡饭，他睡过我家的格子铺。我们一起上小学、中学，后来他考上大学，我也搬了家，我们的道路就分了岔。

多年后，有一天他在路上拦了我的出租车，他进车后第一眼就认出了我。他说他们正缺一个专职司机，就把我引荐进了他的单位，给领导开车。后来他的职位越提越高，也成了领导，我就顺理成章地成了他的司机。

其实，他现在依旧也会时不时地称我为他的兄弟，在一些没有重要人物在场的随意场合。只是，我和他都知道，现在我们再也不是当年一起在井边洗澡，我劈头浇他一桶水，他过来扒我裤子的那种意义上的兄弟了。

"老师，老师。"

有人轻轻地扯了扯我的衣袖，我半天才明白这是在叫我。

"帮我看一看，我的安全带怎么系不上？"

这是坐在副驾驶座上的那个女孩子，公司新招来的员工。说白了，公司是看上了她人长得讨喜，又是个瞎子。对，公司就想要这样的瞎子。

这年头好看的女孩子街上一抓一把，瞎子也不是什么濒临绝种的稀有动物，可是好看的瞎子就不是那么好找了，况且这个瞎子精通制茶手艺。于是公司就用白菜价，把她从乡下挖了过来，找枪手写了些故事，让她到处去说道。今天刚刚说完一场，脸上的妆还没卸。妆化得很浓，粉铺得一张脸像上了霜的冬瓜，只是她自己看不见。

"你又不是司机，系不上就不用系。"我对她说。

她摇了摇头，说："我阿爸交代的，坐小轿车的时候，一定要系安全带。城里车多，不安全。"

我差一点要笑出声。到底是个没见过世面的柴火妞，这年头还有哪个城里的孩子会把汽车叫成小轿车，把父母的叮嘱挂在嘴上说？

我斜了一眼她的安全带，是扣盒里掉进了一粒口香糖。我把糖块挑出来，她咔嚓一声扣上了，才安了心。

"谢谢你，老师。"她说。

"我不是什么老师。"我没好气地回了一句。

她好像被我的口气吓住了，怔了一会儿，才怯怯地说："对不起，我阿爸交代的，到了城里，见到年纪比我大的，要叫老师。"

我啼笑皆非。这么白的一个孩子，其实最好别进城。城里是什么？城里是一个大墨水池啊。进一个，染一个，别管进来前是什么颜色，出来一定是黑的。

　　后排那个女的，头渐渐往男的肩上靠。他缩了一缩，又没缩到底，他的肩膀被她的头撞上了，他的肩膀就成了她的枕头。过了一会儿，她抬起头来，用她的鼻子去蹭他的鼻子，然后就是脸颊。他还是有点僵，看起来像是在躲，又像是在迎。

　　后来，她的嘴找到了他的嘴，他就再也躲不开了。那两片嘴唇看起来像是壁垒森严的城门，实际上是虚掩的，没有锁，也没有卫兵，舌头轻轻一捅就捅开了一个空城。其实也不完全是空城，城里还行走着另外一条舌头。

　　两条舌头短兵相接，不知所措地对峙了一小会儿，就扑上去阻拦着对方的路。不能进，也不能退，它们只能交缠在一起，缠成了一个你中有我，我中有你的糊涂局。

　　我突然就明白了他为什么要在那个女人面前说我是他的兄弟。那是夸耀，是自信，也是无视。夸耀他的地位，自信他对我的绝对把握，还有，无视我的存在。他像拥有一条狗那样地拥有了我，绝对不用担心我会说出去一个字，也绝对不需要顾及我的感受。养过狗的人都知道，没有哪位主人会在狗面前忌讳宽衣解带如厕这等事情，因为狗永远只是狗，主人不需要在狗面前检点言行。

　　那个女人的头现在已经转向车后，我看不见她的脸，只看见她挑染过的波浪卷发在接近头顶的地方扁塌下去了一块，可能是椅背压出来的坑。我猜想她的屁股已经离开了车座。她的屁股最有可能的新落脚点，大概是在他的腿上。

你可以把我当成狗，可是，车里还有个柴火妞呢。她恐怕还没来得及看懂公鸡趴在母鸡背上做的那种事情，就已经瞎了眼睛，所以她的眼睛一直是干净的。可是她还有耳朵啊，耳朵一样分得清干净和龌龊。眼睛容不下的沙子，耳朵也知道是垃圾。你至少该顾忌一下她吧？你以为她听不见后座渐渐变粗的呼吸声？

莫非，你把她也当成了狗，和我一样？

"明天，在城里，我们再找个地方，吃饭吧。"

他的舌头终于挣开她的舌头，说了一句话，有些气喘吁吁。

"为什么是明天，不是今天晚上？"女人问，在"晚上"两个字上加了带着鼻息的重音。

他犹豫了一下，才说晚上有事，很早就约好的。

女人哼了一声："是不好交代吧？"

他没承认也没否认，只是不吭声。

女人也不说话了。我在车镜里看见了她的脸，她坐回了自己的位子，脖子别向窗外。

又是一个雾霾天。太阳依然在，只是你看不清它的整张脸。雾霾的日子多了，几乎让人渐渐淡忘了太阳和天空本来的模样。这样的天气开车有一样好处，至少阳光不刺眼。

又进入盘山路了，一边是悬崖，一边是峭壁。这样的说法有些耸人听闻。其实所谓的峭壁，只是一面矮坡；所谓的悬崖，也不过是一片树林子。当然，人要真摔到那片树林子里去，也会摔成肉泥。我开了三十年的车，认得这里的每一个弯道，甚至每一块岩石。让那些新手紧张去吧，我用一只眼睛看路就够了，剩下的那只眼睛，我依旧可以去留意后座的动静。

他用手去扳她的肩膀，她不让。第一次是这样，第二次还是。到了第三次，他的手变了一个方向，去扯她高领羊毛衫领口的拉链。她愣了一愣，突然一把拽住了他的手。我以为她会把他的手像垃圾一样扔出她的领口——这类事情似乎都该有这么一个前奏，可是她却不是。她抓住他的手，狠狠地捅进了自己的领口。

这时，我的后视镜里出现了一辆破旧的皮卡。那皮卡的前盖微微凸起，有一个轮子是备胎。它的速度很快，离我越来越近，对我不耐烦地按着喇叭，是嫌我慢。皮卡的司机肯定是个傻×，不知道自己的本事，也不知道路的情景。这样的盘山路能加速吗？除非他想死。

我轻柔地按了一下喇叭，借着喇叭在向他递话。喇叭有自己的语言系统，只要是司机都听得懂。我的喇叭在说："小伙子，耐心一点，盘山路很短，只有几道弯。过了这几道弯，就是大路了。上了大路，你想怎么超就怎么超，我一定不挡你的道。"

他的喇叭不认我的喇叭，他的喇叭回了一句粗话。他的喇叭说：

"草泥马，滚。"

我被激怒了，不再说话，我和我的喇叭。我只是紧紧地捏住了方向盘，我会在我的路上稳稳当当地开下去，绝不让他，一毫一寸。

后座的故事还在紧张地进行，他的手已经消失在她的领口里。他的手到底在她的身子里走了多远？我看不见。车镜太小，车镜像一个憋屈的相框，裁截了延伸在框子之外的一切精彩细节。我只能猜，从她泛着潮红的颧骨来猜。

那皮卡突然加满了速度，老旧的马达发出一阵被黑烟包裹着的沉闷嚎叫。我摇下车窗，对他吼了一声"你疯了？"可是我还没来得及喊完，皮卡的头已经插进了我的车身和峭壁之间的那个狭窄空间。我的喇叭发出了一声长久而声嘶力竭的怒吼。假若这是我的喉咙，我相信它已经撕裂成碎条，

085

嘴巴里应该溢满了血水。

后座的两个人猝然分开，不约而同地惊叫了一声。我的车身重重地抖了一下——是车把打出的一个右转。这个右转很急，不急不行，谁想得到公路上会有这样低级的傻×，情愿用一条性命来置一口没由来的闲气？我的车擦着悬崖的边缘颤颤巍巍地稳住了，右车身被水泥围栏蹭去了一层皮。

三十年的驾龄并非全无用处，它让我在千分之一秒的时间里做出了一个判断，我闪开了阎王爷的爪子。

当然，当时我并不知道，阎王爷只是转了一个身挪到前边的路口等着我而已。

那辆又破又脏的皮卡呵呵地咳嗽着，扬长而去。

"今天到家，你们都煮一碗索面酒①压惊。"我说。

车里谁也没有吱声，他们都还惊魂未定。咔嗒，咔嗒，我听见副驾驶座上的那个瞎眼女孩又检查了一遍安全带，松开，再系拢。

我看了一眼车镜。后排的一男一女相隔远远地坐着，仿佛是两个从前不认识，现在也没兴趣认识的陌生人。

---

① 索面酒，一种泡在黄酒里的细面条。在南方习俗里，产妇坐月子或者人受了惊吓，都要吃索面酒调养身子，或驱邪压惊。

尿啊，真尿，一场小惊就吓湿了裤裆。

我不习惯沉默，沉默叫我脑瓜仁子发涨。我打开了收音机。这一次，我没问他，那个我曾经的兄弟现在的领导，要听哪个台。我知道问了也是白问，他的心思还没有回到他的肚腹里。

> 每一次就算很受伤
>
> 也不闪泪光
>
> 我知道，我一直有双隐形的翅膀
>
> 带我飞，飞过绝望……

年轻人的把戏，无病呻吟。才走了几步路啊，怎么就撞上这么多的伤害绝望了？全叫你撞上了，难道别人就都活在天堂里了？

> 我终于翱翔
>
> 用心凝望不害怕
>
> 哪里会有风
>
> 就飞多远吧
>
> 隐形的翅膀……

突然，那歌声像电池走弱了的唱盘，音节和音节之间拉出一些怪诞的荒腔。路标变成了一团晒在风里的挂面，甩过来甩过去，却怎么也不能固定成型。

疼。一股疼痛从胸腔渐渐蔓延上来，窜到了我的肩膀和胳膊上。我的心成了一条毛巾，被一只手狠狠地拧着。我使出全身力气来对抗那只手，可是不够啊，我的力气不够。我只觉得那只手越拧越紧，我的心紧成了一根麻花。

"大头，快……"

我哼了一声，却没能把话说完。

皇天，我怎么喊了他的小名？我闯祸了。

这是我最后一个清醒的想法。

接着我就看见了天。

雾霾裂了一条缝，阳光有些割眼。树林子在不停地翻着跟头，树梢一会儿在上，一会儿在下，我不知道它在干什么。一群惊慌失措的野雀轰的一声飞蹿起来，黑压压地遮暗了半爿天。

我听见了一声惊天动地的巨响。

接着，世界陷入了万劫不复的宁静。

死着，抑或是，死？

现在想起来，那天一大早，在化妆间里，莉莉阿妈一开窗的时候，我就闻见那股气味了。锈铜烂铁的那种腥，锈铜烂铁的那种沉。老天在向我递话呢，我偏偏没听懂。我要是在那个时候听懂了，你就不会躺在这里了，路叔。

那天我是怎么给送到医院来的，我已经一点也不记得了。我醒来的时候已经在病房。疼啊，浑身都疼，每一次呼吸里，似乎都扎着一把大头针。

"多发性肋骨骨折，加上肱骨干骨折。"身边的护士告诉我。

我没听懂，请她再说一遍。

"你的四根肋骨断了，手臂的骨头也断了，已经做了固定。如果疼得厉害，就按一下这个按钮，会自动注射镇痛剂。"她说。

我问她："严重吗，我的伤？"

她说还得观察。如果没有内出血，没有严重脑震荡，应该问题不大。不过详细情况，还得问明天查房的医生。

我不知道我的病房里有几张床，几个病人。我只听见两个护士在房间里走来走去，窸窸窣窣地收拾着什么东西。

"运气真好，从这么高的地方摔下来，只断了几根骨头，都没有破相。"一个护士说。

"那你说该怎么样？难道还能再失明一次？"另一个护士说。

她们在谈论我，当着我的面。她们以为我眼睛瞎了，脑子也跟着残了。这世上的人都不知怎么了，总以为瞎子就是傻子，没有脑子没有神经，钉子砸上去也不知道疼。

"那个女的，才真叫惨，一张肉饼，那样子，都不敢叫家属看。"

"那个司机也是，当场就没了。"

"听说司机是心脏病突发，还没落地就已经死了。"

"惨是惨了点，不过也算痛快，最倒霉的是隔壁的那个六床。那种状况，靠艾克膜能维持几天？"

我这才知道，莉莉阿妈死了。司机也是。

那天出门的时候，莉莉还是有妈的，可现在莉莉就只剩下爸了。

那天出门的时候，一辆车里坐了四个人。可现在，只剩下我一个了。

哦，不，路叔，你还活着，就躺在我隔壁的病房。

这是我当时的想法。

可是今天，我一走进你的房间，闻见了你的气味，我就知道我错了。

你不是还活着，你其实是还在死着，慢慢地，一分一秒地。

你的房间里一定来过许多人。每一个进入过你房间的人，都留下了自己的气味。明眼人靠脚印来辨认人走过的路，其实瞎子也是，只不过瞎子是靠气味来辨认脚印。

交警队的王队刚刚走，之前他肯定来过多次。虽然他只在我的床前停留了五分钟，我却准确无误地记住了他的气味。我不是指烟味——这是几乎所有在场面上跑的男人都会有的气味，我已经把它排除在我的判断范围之外。我指的是某种独属于一个人的气息。他大概经常熬夜，不按时吃饭，所以他的胃在向他的嘴不停地输送着一股积攒了多年的怨气。他驻留过的地方，连墙壁的毛孔里都会渗进他浓重的口臭。他应该换一种茶叶了，我知道什么样的茶可以安抚他那只时时造反的胃。

廖总也来过了，而且肯定不止一次。廖总的胃也有怨气，只是廖总的肝嗓门比胃响亮百倍。在肝面前，廖总的胃更像是个忍气吞声的童养媳。廖总的肝里烧着一团凶猛的火，这团火只要一窜出他的身体，就可以轻而易举地把一百亩茶林瞬间烧成灰烬。廖总一天二十四个小时，睡着醒着，都在紧紧地捂着这团火，怕它闹事。这团火找不到出路，只能在廖总的身子里乱窜，把他的五脏六腑都熏得焦黑。所以廖总连头发梢上，都冒着一股煳味。

刘主任肯定每天都来。他的气味比较复杂。和所有的医生一样，他的衣服和皮肤上，都覆盖着一层厚厚的消毒药水气味。不过再厚实的掩盖底下，也总能露出蛛丝马迹。刘主任的胃很好，肝也没问题。刘主任的问题在心和脑子。其实，刘主任的心和脑子也没问题，在它们各自唱戏的时候。可是只要把它们搭成一个戏班子，它们就谁也不服谁。刘主任是读书人，脑子里有很多个想法，心里有很多层心思。脑子叫心做的事，心不愿意；心让脑子配合的时候，脑子一定反对。刘主任的心和脑子在他身上打了一辈子的仗，永远硝烟弥漫。刘主任唯一能让脑子和心安静下来的方法，除了睡觉，就是吃辣子。辣子能叫他舌头发麻，身子松弛下来，也能叫他的脑子和心同时闭嘴休战。护士说刘主任的办公桌上，摆满了各种风味的辣酱瓶子，有湖南的、四川的、贵州的、福建的，甚至有越南和韩国的。护士打趣他，说他恨不得喝茶的时候也放一勺辣子。所以刘主任的鞋擦过的地板，都会有一股辛辣味。

除了上面这些气味之外，这屋里还有一股气味，咸咸的，像海边飘过来的风，却没有海风里的那股鱼腥。当然这并不真是海风。我们这个城市虽然离海不远，但海把它的气吹进这扇窗子来，还是要走许多路的。

这是你老婆身上的气味。眼泪的气味。

你老婆走进这间屋子的时候，没有哭。我闻到的是干涸的眼泪，是泪水流出身体时在毛孔和皮肤上留下的盐痂。她心里还囤积着许多眼泪，像湖，像海，可是她的身体没有力气把眼泪送到眼睛里，她的眼睛也没有力气把眼泪送到脸上，她只是哭不动了。

其实眼泪也有不同气味，假如鼻子肯落力去细细区分。哀伤的眼泪是最简单的，它只有盐水那样的咸味。如果哀伤里加入了嫉恨，那咸里就会混进酸味。如果哀伤里加进了怨气，那么咸味里或许还会有辛苦味。再如果哀伤里又夹杂了羞辱，说不定那咸味里还会出现微微的烂甜，像沤坏了的瓜果菜蔬。

你老婆坐到我身边和我说话时，我同时闻到了这几种气味。我突然明白了，她哭不动的另一个原因，是因为她的眼泪太复杂太沉重了。我也明白了，这些眼泪若一直不能在她身上找到出口，她将会成为一个泛着阴沟里的馊气的怨妇，从现在一直到老，到死。

我不禁打了个寒战。

从现在到老，到死，路太长太久了。

就是在那个时候，我想到了帮她。那时我想到的仅仅是帮她，还没有想到帮你——帮你还是后来才生出来的念头。在这个房间里留下过气味的人，都不需要我帮忙，他们都是能人，除了你老婆。其实我也没法真正帮你老婆。我知道从根儿里帮她的方法只有一个，就是从你的生活里抹去那个可怕的一天。也就是说，那天的车根本没有出事；或者说，那天出事的那辆车上根本没有你。可是这事我做不到，谁也做不到——除了上帝。所以我即使想帮她，也只能从微不足道的小事上下手。

我说的小事，就是让她能有力气，把囤积在心里的那些眼泪痛痛快快、理直气壮地哭出来。

所以，当她走近我，跟我打听那天发生的事时，不知怎的，我身上仿佛有根神经抽了一抽，脱口而出，就告诉她你给她买了那只手袋。那句话不是事先盘算过的，没经过大脑，甚至不是从心里生出的，仿佛嘴径自走了自己的路。我到现在都还是迷糊的，我怎么会想出那样的说法。

我只记得，她听了我的话后，号啕大哭。她不是这会儿才听说你出事的，她先前说不定也这样哭过，可是我依旧觉得那哭声听起来有些瘆人，像她心里有堵墙突然哗啦一下子塌了，又像是她一脚迈过了一道她以为一辈子都迈不过去的鸿沟。她冲出屋去的时候，我又闻见了眼泪。这次是汁液，而不是那些干涸在毛孔和皮肤表层的盐痂。

我发觉那眼泪的气味变了，没有了酸，没有了辛苦，也没有了馊甜，只剩下一股单纯的、浓烈的咸。

你老婆让护士回避了，现在屋里就剩下了你和我，我终于可以说一说，你的气味了。

你曾经是一个多么爱干净的人啊。你的衣服上，永远散发着一股淡淡的洗衣粉味道。你衣领上的味道我说不上名字，只记得莉莉阿妈有一次问你洒的是什么东西，你说是女儿买的古龙水。这是我第一次听到古龙水这个名称。有一阵子你的消化不好，你不停地嚼口香糖，没人处总悄悄地问司机你嘴里是不是有味。

现在你的气味变了，变得这样彻底。现在你通身上下只剩下一股气味，那就是臭。

首先是尿布里包裹着的那股臭味。阿妈说小孩子的屎都是香的，可是大人怎么能和小孩比？大人尿布里的东西，可以熏跑一地的鸡。

还有，就是你身上的油垢味。你大概好几天没有洗澡了。

没有可能，也没有必要——护士一定是这样想的。

其实，这些都还是皮毛上的气味，真正的气味，是在皮囊底下。

听说你的脑子在送到医院时就已经死了，可是你还有许多想法。那些想法是被活生生地埋在你的脑子里的，它们在慢慢地死着，慢慢地沤烂着，像个小小的化粪池。

你的心脏，你的肺，你的肾脏，你的肝，其实也都死了。你身边那套据说贵得吓人的机器，其实不过是摆个样子，给王队看，给廖总看，给许多别的人看——他们商量的事，我耳朵里也刮到了几句。你的五脏六腑已经像肉铺里放久了的肉，在渐渐生出腐烂的气息。这气息正透过你的毛孔，隐隐约约地弥散在空气中。只不过你的皮囊还很厚，等到你肚子里的秘密终于突破皮囊的阻隔，或者说，等到皮囊也随着你的肚子一起腐烂，估计还有几天的工夫。

"走啵？走吧。"

我的耳朵抽了一抽，像旷野里的兔子。我隐隐地听见了一个声音。

哦，那不是声音，那只是风在我的耳道里轻轻碰了一碰。

我的头发一下夅成了针。

是你。

那是你在和我说话，不是用语言。

你在害怕。你害怕你肚腹里的那股腐烂气味，很快就不再是独属于我鼻子的秘密。你害怕你维持了一辈子的干净形象，会在这张床上被碾为齑粉。

我站起来，顺着墙壁四下摸索着，找到了你的床头。

护士提醒过我，不要乱碰床头的东西，因为那面墙上有电源插头。你床头的设置应该和我的差不多——所有重症监护室的病房设置，应该都是大同小异的。我若顺着你的床头摸上去，极有可能会摸到墙壁上的那排电源插孔。那上面不知插着多少根电源线，但那里头总有一根，是掌管你床前那台贵得像金子的机器的。

只要我把那根电源线拔下来，你就会很快被送到另外一个地方。你就可以洗去一身的臭味，换上你的好衣服，干干净净，精精神神，像过去那个样子。而你此刻的气味，将永远尘封为我一个人的记忆。

你是想让我这样帮你，是不是啊，路叔？

我猜得很准，离你床头大约一两尺高的墙壁上，果真有一排插线板。我摸了一下，那上面只插着两根电源线。也就是说，我只需要冒两次险，每一次都有百分之五十的把握。

我踮着脚尖，先拔下了第一根。

然后是第二根。

管子突然停下了吭哧声，沉寂如一床厚被子劈头盖脸地落了下来，满屋只剩下我的心跳声。扑通，扑通，扑通。

我按了一下手腕上的那只盲人报时表，一个电子声音轻盈地荡漾在弥漫着消毒药水气味的空气中。

"现在是，12 月 30 日下午，4 点 47 分。"

初稿　2014.12.21—2015.01.16

二稿　2015.02.03—2015.02.05

三稿　2015.03.01—2015.03.10

于多伦多

生命中最黑暗的夜晚

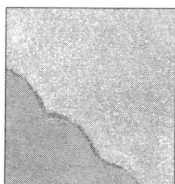

　　早就听说了东欧的秋天煞气很重，沁园出发前已经做了一些基本的准备。上身穿的是一件带了绒夹里的白色夹克衫，下身是像铜板一样厚实的牛仔裤，足蹬一双鞋底镂刻着蛔虫一样的深纹，可以在任何地形里自如穿行的越野靴。当她把刘海掖进灰色棒球帽里的时候，不用照镜子，她也知道她看上去几乎像男人，一个都市大街上常见的被生活的担子压得略显佝偻的瘦小男人。混在那群拖着大大小小的行李站在香榭丽舍大街等车的游客中间，沁园突然感觉到了多日未曾感觉的安全。

　　墨镜把一个晴朗好日揉搓成了一张皱纹纸，新艳的朝阳看上去像是一枚腌过了时的干瘪鸭蛋黄。凯旋门灰暗瘦矮，从门里涌流出来的车辆如虫蚁在急雨之前仓皇逃窜。路易·威登大楼见过了太多的钱和太多的脸，蒙裹了太多的风尘，突然就老了，疲惫不堪地靠在路边。哈根达斯冰淇淋老店失却了夜晚灯彩的遮蔽，像一个迟暮却胆敢素颜的妇人，残忍地显露着白昼的褶皱和寿斑。这就是色彩和基调都遭遇了恶意颠覆的香榭丽舍。不过，沁园并不痛心。巴黎的华丽从来没有进入过她的梦。她的梦另有一个粗粝的背景。

　　出发地点在巴黎，游客却来自世界各地，在香榭丽舍大街的那家华人旅行社门口会合。沁园把自己的那只小行李箱竖靠在路边的树干上，背靠着树坐在箱子上，东一句西一句地听着人群在嘈杂地聊天。那几个不停地抱怨着天气的人，一定是法国当地人。冷？被塞纳河的暖风熏糊涂了的人，怎么知道九月落雪的地方，人是怎么生活的？沁园忍不住冷冷一笑。

人群里有一个红衫女子，衣着发式和行李都很招摇。"只留半天在巴黎，够谁使啊？老佛爷？谁去那里买东西？都是中国货。"女人的嗓音沙沙地摩擦着沁园的耳膜，留下一道一道的划痕。她知道女人一定是从国内来的。女人那个手提包里，一定藏着几张憋得几乎窒息的金卡，在急切地等候着一个越狱投奔自由的时机。

还有那几个面红耳赤地讨论着法国大革命和罗伯斯庇尔政权的男女，一定是北美的傻学究。北美的游客，总愿意以这样的方式，来恶补对欧洲的常识和敬意。

当然，也有和她一样一言不发的人。有一个头发灰白的老女人，正靠在另一棵树上，独自吃着早餐。女人的早餐其实就是一片没涂果酱也没涂牛油的面包，甚至没有水。干涩的面包屑在女人的喉咙里艰难地行走着，女人的面颊上生出凹凹凸凸的筋络。女人穿的是一件样式极为老旧的灰布外套，女人唯一的行囊是一个比军用书包大不了多少的软皮肩包。

没有人跟这个女人说话，女人也没想和任何人说话。沁园把人群草草扫描了一遍——没有这个年龄段的人。

看来这个女人和她一样，这一程是注定要独来独往的。

旅行日程已经发在她的电子邮箱里了，但她只看了一眼就丢开了。"九日八夜东欧浪漫之旅。"这是天底下所有旅行社都爱起的艳俗名字。"海德堡，玛丽亚温泉城，布拉格，布拉迪斯拉发，布达佩斯，维也纳，萨尔斯堡，因斯布鲁克，斯特拉斯堡……历史悠久，闻名于世，美丽，优雅，心驰神往……"所有的地名和形容词对她来说都毫无意义。东欧和西非此刻并无差别，她只是急切地需要离开。她的心非走不可，腿去哪里，怎么去，心一点也不在乎。

鸣的一声，手机在她的裤兜里抖了一抖——是一条短信息。沁园犹豫了一下，还是掏出来，斜了一眼。"吴老师，我是《新江都市报》的记者元辉……"沁园狠狠一捏，像捏一条虫子一样把那条信息删除了。她知道，她此刻的留言箱已经被许多条留言塞满了。那些无法得到她回应的人，正在改用短信息的方式联系她。沁园把手机捏在掌心，飞快地发了一条信息。信息只有三个字："到了，安。"收信人的号码，是记忆储存里的第二号。第一号是911。沁园发完信息，就把手机的电源关了，塞进了旅行箱的背兜里。

好了，我终于可以，无牵无挂地，上路了。

沁园想。

"辛迪·吴，十一排A座。"

导游大声喊叫。

沁园怔了一怔，才明白过来是在叫她——这是她护照上的名字。这个名字在她的护照上已经待了八九年了，可是她总觉得那是别人的名字，有着隔山隔水的疏陌。

导游是个四十多岁的男人，身穿一件蓝色鸡心领的毛衣，头发被头油或摩丝修理成一片狂野的丛林，微笑和世界上所有的导游一样职业而老到，让人免不了要想起小费回扣这一类可以一下子把情绪杀戮得千疮百孔的字眼。

"车上的游客太多，我无法一一记住你们的名字，你们的座位号就是你们的代号，一路上我就用这个代号分派旅馆房间。"导游宣布。

沁园点了点头。

十一A。

她不再是吴沁园，或者辛迪·吴。十一A是一座壁垒森严的城堡，尘世被圈在了围墙的外边。尘世即便是一头八爪章鱼，它的爪子也伸不过那样的高墙那样的铁门。尘世总有它够不着的角落。

她要的，就是这样的角落。

十一 B 的座位上已经有人了，是那个衣着张扬的红衫女子。确切地说，红衫女子并没坐在十一 B 上。红衫女子也没有坐在十一 A 上。红衫女子坐在了十一 A 和十一 B 中间的那块模糊地带上，衣裙的下摆，在 A 和 B 中间燃开一团炽热的火焰。

"往里坐一坐，请你。"沁园说。这是沁园这个早晨第一回开口说话。

红衫女子抬头看了一眼沁园，眼神里开放出一朵不备时被人踩了一脚似的硕大惊讶。红衫女子的话是隔了一会儿才说出来的——却不是对沁园说的。

"导游，我跟你说过的，我是不跟人拼座拼房的。"

红衫女子梳了一个高高的发髻，两只硕大的白金钻石耳环随着说话的节奏一颠一颠，脸上的妆粉很浓，仿佛是在赶赴一场空前绝后的盛宴。红衫女子言辞激烈的时候，空中便扬起轻轻薄薄的一股香尘。

导游跑过来，一脸永不凋谢的微笑。

"本来是不用和别人拼的，可是你的……"

"那又怎样？你们不是不退钱吗？"

"按理说临时取消是没法退钱的，可是这位小姐临时入团，正好补了你的缺。"导游指了指沁园，"那份钱旅行社一定会退还给你的，不过要等到你回巴黎的时候。"

红衫女子顿了一顿，显然在找词。

"退不退不过是你这么一说罢了，我还敢真信啊？反正我还没拿到钱。没拿到钱你就不能给我拼座。"

导游的微笑还在，不过已经渐渐开始稀薄，隐隐露出了底下的毛孔。

"大姐你帮个忙，一车的人都等着呢。"

红衫女子的脸沉了下来。见过大世面的导游竟然栽在了一个低级小错误上：导游在用过"小姐"这个词后，换用了"大姐"。无论是被称为"小姐"还是"大姐"的，心里都搁着一块堵。

"你这个导游真够奸猾的，一车的人等的是你，别把这好事揽给我。"

导游的脸皮像一块腌过了几季的糙猪皮，红衫女子的话像一枚针。再厚实的皮也抵不过哪怕是一枚钝针。导游的脸皮给扎透了，想发作，却知道他不能发作。他的微笑开败了，从灿烂的讨好变成萎靡的乞求。

"大姐，这是巴黎，一过点儿就堵车。要是现在出不了城，弄不好要耽误一天的行程呢。"

红衫女子端坐不动，冷冷一笑："耽误一天行程，你还想不想吃这碗饭了？"

导游的脸僵了，空气凝成了一块脆薄的玻璃，导游和红衫女子两人手里各牵着一个角，略一松手，就是一车的粉碎。

前排的人开始骚动起来，嚷嚷着："都过点半个钟头了，到底还走不走？"

"算了，后面不是还有空座吗？"沁园拿起自己随身带的水瓶，对导游说。

十一排已经很靠后了，后面还有一排。最后的那一排，座位比前面挤。十二 B 还空着。

十一 A 到十二 B，不过是从一个城堡换到另一个城堡，只要围墙在，沁园不在乎。

导游手里的玻璃终于轻轻地稳妥地放到了地上，没碎。他松了一口气，朝沁园扔去感激的一瞥。沁园低了头没接。沁园的城墙固若金汤，她不想留下任何一条裂缝，好让人把情绪挤进来。

十二 A 上坐的是那个在路边啃面包的老女人。老太太膝盖上放着那只肩包，两个人加上一只包，位子更挤了。

"阿姨，要不，我把您的包放到架子上？"导游说。

导游知道自己今天失态了。他在这条线上已经走了八千九百个来回，熟知沿途每一个肯白送他一杯咖啡的加油站，每一个不用投币就能开门的厕所，和每一个给几分小回扣的购物点。导游知道路，更知道人。每一趟行程，总有那么一两件事一两个人，会把他搁置在发火和忍耐中间的那个煎熬地带里。只是，这一趟煎熬来得太早，还没容他把那块小小的亲善立脚之地垒建起来。他有些后悔。他原本可以把十个百个红衫女子不动声色天衣无缝地摆平的，他有这个本事。可是今天，他怎么啦？

老太太没有说话，只是把那个肩包更紧地搂在了怀里，仿佛它比她更怕冷。

"前面的年轻人，有没有人愿意换到后面来，让这位老人家坐得舒适一些？"导游问。

没人接应。

前面都是成双入对的，没有人愿意拆单。

导游看了一眼老太太，那眼光似乎在说："我试过了，你都看见的，对不？"

老太太也没接导游的目光，把脸偏转向了窗外。导游很快就把自己无着无落的目光捡拾了回来，跑到车前拿起麦克风的时候，导游的微笑已经毫发无损地重新灿烂起来。

"大家好，我叫袁成国，袁世凯的袁，成心使坏的成，卖国贼的国，你们就叫我袁导，哪个 dao 都行……"

车里开始发出细细的笑声。

"这位是我们的司机，法国人，叫皮尔·卡丹。"

"别笑，他真叫皮尔·卡丹，是那个皮尔·卡丹的乡下穷亲戚。"

"从这一刻开始，你们的身家性命情绪安全，就交给我和皮尔·卡丹大叔了。咱们还是来一个岗位责任分工制，好不好？'东欧浪漫之旅'，我负责东欧，你们负责浪漫。不是我不想负责浪漫，主要是这个浪漫，我一人说了不算，是不是？"

导游进入了状态。

太阳升高了，墨镜里的巴黎开始从灰涩变得明亮。当塞纳河的鳞波开始一程一程地朝后退去，都市的轮廓在巴士后视镜里萎缩成一个边角模糊的斑点时，睡意如浓云渐渐浮上，终于把沁园从头到尾地裹住了。

一路都在昏睡。

第一天是这样，几乎完全错过了海德堡。

第二天还是这样。最终醒来的时候，沁园发现太阳已经有了倦意，麦克风正在嗡嗡地报告着即将抵达玛利亚温泉城的信息。

邻座的老女人看了她一眼，叹了一口气："年轻真好，能睡啊。导游喊你吃中午饭，你都不肯下来。"

沁园吃了一惊：她竟然完全不记得有这个插曲。这一觉仿佛是一条绵长的纺得结结实实的线，开头和结尾之间找不见一个断头一个疙瘩。只觉得下颌有点湿，拿手一抹，是口水。她一定又是张大了嘴——老刘说她醒着看起来还有几分机灵，睡着了完全是一脸蠢相。好久没有这样蠢睡过了。这些日子她的觉很浅，如同一张稀薄的绵纸，一丝风，一滴雨，一个最不经意的念想，随时就能把它戳得千疮百孔。

是从什么时候开始，她的睡意浅成了这样呢？

好像就是她从温哥华采访完冬奥会回报社上班的那天。

她在卡尔加里的一家华文报纸做记者。记者只是名片上的一个头衔，更准确的职位界定其实叫打杂。她不只写稿，也做编辑。她也管美编和排版。有时她还得赤膊上阵四下找客户拉广告。报社里只有三名员工：老板、她和一个叫薛东北的东北小伙子。老板管钱包，她管版面，小薛管工商广告。当然，这只是大体上的分工。这么一家袖珍小报，真正的分工线是模糊不清的，甚至像某些国家的边界线一样随时在变更。她在国内也做记者，不过那是一份发行量超过三十万份的都市大报。而现在的这份报纸，虽然有个惊天动地的名字——《加拿大国际华人先驱报》，发行量却不到五千份。在那家发行三十多万份的大报社供职，她只用花费半个脑袋瓜子就够了，另外半个用来吃喝玩乐，勾搭老刘。后来终于把老刘勾搭成了丈夫，她就跟老刘出了国。到了加拿大，她给这份发行五千份的小报打工，累得每天回家再也不想多说一句话，一个月的薪水却只够给老刘的那辆四轮驱动吉普车注油和买保险。

但这都不算是最累心的事。最累心的事发生在下班以后。

上班的时候，她是记者。下班以后，她是个作家。十年里她写了五本小说。儿子欢欢已经上九年级了，功课运动课余生活，基本都是老刘管。她写书的时间，是从欢欢和老刘身上一点一点地掰下来的。当然，更多的是从她自己身上掰下来的。十年里她把健身、美容、买衣服、煲电话粥的嗜好都戒了，十年里她把自己打造成了一个毫无耐性不肯为任何事情耗费一分一秒时间的暴躁女人。她把她的业余时间一分一秒面包屑似的掰下来，积少成多地裹成了团，就有了那五本书。十年里，她把老刘、欢欢和她自己都掰得只剩了白光光的骨头，可是，她写的书却无人理会，连老刘都不看。

　　老刘实在看不过她睡眠不足神情恍惚的样子，也曾劝过她。老刘劝她，是劝她把工作辞了。老刘在一家大金融公司做精算师，收入是沁园的五倍。可是沁园却迟迟不肯放弃报社的那份工作。那份工作说起来也不是什么让她割舍不下的美差。老板很抠门，小薛也很抠门，抠的却不是同一扇门。老板把每一个毫子的开支，都要放在脑子里称过几个来回。而小薛整天和老板扯的，是广告提成的百分比，还有每一张请客吃饭汽车公里数的报销单，精确到小数点之后的两位数。而她，却成了老板和小薛常年的拔河赛里那条系在绳子中间的手绢，一会儿被老板拉过去，一会儿被小薛扯回来，满耳满头都是彼此的抱怨。沁园下班回家，总觉得一个脑袋瓜子里塞满了别人的情绪垃圾，儿子和老刘轻轻一碰，就能碰撒出一地鸡毛来。

　　可是她却没有一寸地盘，可以放置自己的垃圾。

　　然而她还是不愿放弃她那份实在说不出有多少好处的工作。她爱拿英国作家弗吉尼亚·伍尔夫说事。她说伍尔夫讲过一句很有名的话：一个女人要写书，起码得有一年五百英镑的收入和一个自己的房间。老刘听了不吭气，半晌，才说："一个女人，非要写书吗？"

　　这句话倒把沁园问得怔住了。

是啊，她为什么非得写书不成呢？这世上缺她一本书吗？这世界就是一条大浑河，她的书不过是那浑水上漂的一片烂菜叶，一根馊鱼骨，打个漂漂就不见了，连屁大的一个声响也听不着。那水，有没有烂菜叶、馊鱼骨，都还会一步不停严丝合缝地朝前赶路的。

是为名吗？有那么一点点。那为名的念想是她肚皮里的一条小虫子，时不时地醒过来咬她一小口，说不上疼，甚至也说不上痒，连个芝麻点大的疤痕也没留下，就过去了。

可她心里有一股火啊。那火得有一个去处，要不会把她的身子、她的心烧穿一个大洞。那火岂止烧她，还要把她的家也烧穿一个大洞。她只有把那火一个字一个字地放出来，她才有救。她有救了，老刘和欢欢才有救。

沁园忽然就想明白了，那火咬着她的脚跟追她，她是为了逃命才写那些字的。她怨不得天也怨不得地，更怨不得人。她只有认命。

就在她开始写第六本书的时候，老天爷跟她开了个玩笑。这个玩笑开大了，把她一下子砸蒙了。不仅把她砸蒙了，也把她周遭的人砸蒙了。

一个在好莱坞和中国大陆、香港来回行走的大导演，在一个酒足饭饱的无聊时刻里，偶然翻到了一本文学期刊。那本期刊里有一部讲述南美甘蔗园历史的小说，而导演的一位叔公，就是在那片甘蔗林度过了一辈子的老华侨。导演本人，当时正陷在一部电影和另一部电影之间的拍摄空档里。上帝的手指轻轻一拨，电闪雷鸣间，导演被灵感击中，决定把这部小说搬上银幕——当然是国际大银幕。

这部电影，在两年之后，成为一个超级票房神话，并得了几个国际大奖。

而沁园，正是这部小说的作者。

于是，沁园一夜之间突然就不再是烂菜叶和馊鱼骨了。于是，沁园的名字，开始成为写书码字的人饭桌酒席上的话题。于是，沁园行在路上的时候，脑门上有了光。

沁园小时候在乡下外婆家里过暑假的时候，见过乡里夜市点煤气灯的情景。灯不亮的时候，兴许也有虫子，可是虫子潜伏在角落里是看不见的。灯一亮，虫子突然从草丛里树枝间田埂上，从一切角落里扑了上来。蠓虫、黑蛾、白蚁，还有许多她说不上名字的野虫，云雾一样地围着煤气灯转，嘤嘤嗡嗡，翅膀和翅膀交叠着，叫声和叫声交叠着，把灯光咬成一团一团的碎渣。

她问外婆为什么虫子爱追着光，外婆说虫子哪是追光，虫子是咬光呢。虫子一年四季活在黑咕隆咚的角落里，虫子也想要光呢。虫子见了光，就想咬一块下来存在肚子里，虫子自己也就有了光。

八岁的沁园听了，不知怎的，竟有些凄惶，心想虫子可怜，光也可怜。她不想做虫子，也不想做光。

一直到她被虫子咬上了，她才知道，原来不知不觉地，她已经成了那盏夜市里的煤气灯。

沁园清清楚楚地记得，她发现自己被虫子咬上的那一天。

参加温哥华冬奥会的加拿大滑冰选手里，有一位是出生在卡尔加里城的，很有希望在几个短跑道滑速项目上夺冠。沁园的老板年轻时也是一位得过名次的速滑运动员，所以对这条新闻情有独钟，竟肯花钱让沁园专程飞去温哥华采访那位本地籍的运动员。后来那人果真在冬奥会上得了一枚银牌，一枚铜牌。

沁园带着一肚子新闻从温哥华回来，出了机场没回家就直接去了报社。报纸是周刊，第二天发报，她想把采访文章赶在当期发出来。

走进办公室，老板和小薛都在，她发觉气氛有些怪异。她急切地向老板汇报着温哥华的所见所闻，老板却似乎有些心不在焉。老板在回避她的目光。老板的目光如她儿时在弄堂里见过的弹棉花匠手里的那张弓，一弯一拱地绕着她的身子弹动，却始终没有压在她的目光上。她坐下来，把照相机里的照片下载到电脑里。她听见老板和小薛的目光绕过了她，在她背后一来一往地询问试探碰撞着。

后来，老板去茶水间，沏了一杯热茶端过来给她。她有些吃惊——她在报社工作了七年，老板从来没有给下属倒过一杯水。

"这几天，老刘，给你，打过电话吗？"老板问。

老板的语气很温软，仿佛轻轻一捅就要流出水来。老板是个离过婚的女人，几十年水深火热单枪匹马打天下，学会了只用一种语气说话，那就是强悍。突然听见老板换了种声气说话，沁园起了一身的鸡皮疙瘩，忍不住笑出了声：

"怎么啦？该不是我们家老刘有了外遇，你们都瞒着我？"

老板和小薛互看了一眼，却没有说话。

沉默。

长久的沉默。

沁园第一次知道，沉默原来也有声响。世上所有的声响都有破绽，沉默没有。沉默从所有声响的破绽里钻出来，凌驾于所有声响之上。沉默让世上所有的声响听起来不再像声响。沉默震得沁园的心开始散乱。

"老，老刘，到底，怎么啦？"沁园问。沁园的声气里，已经有了明显的裂缝。

老板叹了一口气，在她对面坐了下来。

"你到底招惹谁了，沁园？"老板问。

"玛丽亚温泉城原来只是一个不为人知的捷克小村落。许多年前一群伤残的士兵偶然来到这里，在泉水里洗过了脚，竟意想不到地痊愈了，就扔了拐杖四下奔跑，高喊圣母玛利亚的名字，从此这里就成了世界闻名的温泉旅游城。"

袁导说。

没有几个人在认真听。车厢里有人在分享带颜色的手机段子，惹起一波波深深浅浅的笑骂声。有人在侧着身子和对过的旅客胡乱聊天，有人在"哔哔啵啵"地嗑瓜子吃零食，也有人脱了鞋子在晾脚丫子，声响和气味都很嘈杂。众人上了车才意识到，旅行不过是一次有组织有计划的逃离——从一种嘈杂，逃奔到另一种嘈杂。而导游的讲解，不过是花了钱来忽略的诸多嘈杂中的一种。

"玛丽亚不过是个凡人女子，能治病的不是她，而是她儿子耶稣。"邻座的老女人突然说。老女人的声音轻得几乎像耳语，老女人的话是说给她自己听的。

可是沁园听见了。

沁园听见了，却没听明白。作为记者的那个沁园很想发问。作为作家的那个沁园也很想发问。可是这一刻的沁园不是记者也不是作家。这一刻的沁园是个病人。好奇心治不了她的病，所以她不想问。

"愿意下温泉洗澡的，现在来报名。"

小郭拿了个本子跑到车后排来登记门票数额。小郭是索邦大学的留学生，学城市规划的，女朋友刚刚从国内来探亲，他就请了几天假带女朋友去东欧玩。一车的人里边，数小郭年龄最小，所以就被袁导抓过来帮忙。

"慢着，有句话先问明白了，再下车不迟。"坐在沁园前排的那个红衫女子倏地站起来，大声说，"袁导，你给大家解释解释，这车上的座位是怎么分配的？"

袁导被这个问题砸过很多次，知道怎么躲闪。他的回答胸有成竹，天衣无缝："大姐，其实很简单，就是根据报名前后顺序定的。最先报名的，就坐前面。报名晚的，座位就排后边些。"

红衫女子冷冷一笑，说："到底谁先来谁后到的，也没对证，就听你一个人说了算。"

"大姐，你要是不信，等你回到巴黎，旅行社里有报名记录，我拿来给你过目。"

袁导失态过一次，绝不会在同一道坎上摔第二个跟头。所以袁导说这话的时候，带了一脸钢盔铁甲刀枪不入的微笑。

"先来的也没比后到的多花钱。都花了一样的钱出来旅游，凭什么有人一路坐前边看好景致，有人一路坐后头受颠簸？"

红衫女子说"前边"的时候，拿手画了一个圆圈，把所有坐在她前面的人都归在了圈子里。圈子不大，人却很多。被圈在里头的人，开始隐隐感觉到拥挤的不适。

"那你说，怎么解决这个问题呢？"袁导两手抱了臂，歪着头看红衫女子，依旧一脸是笑。

"那好办，半天换一次座，前排后排对换。"

"架上的东西一天搬两次，累不累啊？"前排有人嚷道。

"你要是坐后头，你就不嫌累了。"红衫女子嚷了回去。

大家便都不吱声，看袁导。

"好吧，一个行程九天坐车，咱们就在四天半的时候换座。四天半正好在布达佩斯城里，咱们就在布达和佩斯的分界线上，正中午十二点换座。"

车上的人哄的一声笑了起来，除了那个红衫女子。

"大姐，您看成不？"袁导把"你"换成了"您"。

又有人笑——那是听懂了的人。

小郭的登记本里，只有四个人名：小郭自己和他的小女朋友，再加上另外一对美国来的夫妻。十几欧元一张门票，众人都嫌贵。小郭也嫌贵，只是小郭这会儿正处在跟女友显摆的阶段上，小郭这个面子是非要撑下去不可的。

剩下的人，就都排着长队喝不同泉眼里舀出来的矿泉水。水不收钱，杯子要钱。纸杯子两欧元一个，瓷杯子八九十几个欧元不等。众人大骂黑心。有舍不得花钱却又想尝稀罕的人，就数人合买一个纸杯子，一个人喝过了，拿纸巾擦过杯缘，再传给另一个人。

老女人没买纸杯，也没买瓷杯。老女人压根儿没想尝水。

老女人绕过长长的队伍，独自找了个石凳坐了下来。石凳在一棵大树底下。树是一棵沁园没见过的树，枝和叶的形状都是陌生的。叶子已经稀落了，枝干却依旧强劲有力，低低地把石凳遮挡了一个角。其实下车的时候，沁园一眼就看见了这张石凳，只是让这个老女人抢先了一步。这张凳子很窄，可是只要老女人抬一抬屁股，还是有一小块位置可以容得下沁园的。沁园一整天都是和这个老女人坐同一排车椅，一下车沁园就再也不能忍受另一具躯体另一腔呼吸的逼近。于是沁园就挑了一个没有石凳也没有人群的角落，靠着另一棵陌生的树站着。

老女人取下那个不离身的肩包，从里面掏出另外一片干面包，啃咬起来——依旧嚼咽得干涩困难。不知道那是她耽延了很久的午餐还是提早到来的晚餐。老女人的目光不在面包，不在人群，也不在泉眼上，老女人只是默默地看着远方。远处是山——说不出名字的欧洲的山。低矮，绵长，把天空剪割得支离破碎。山峦和山峦交叠的地方，是大片大片的深黛。山巅上有一抹橙红，浓艳得如同一罐打翻了的番茄酱。捷克的夕阳颜色厚腻得让人感觉呼吸艰难，却红得坚硬冰凉。秋风咬过老女人瘦削如刀的脊背，咬得一地碎牙。

这是一个，把每一个铜板都掰成两半花的寒酸老人。真不知道她是怎么样把这一程旅游票凑齐的。沁园暗想。

"辛迪，怎么不尝一口矿泉水？据说是治百病的神水，灵验得很呢。"袁导走过来，站在沁园身边。沁园的树干被占了一半。

"你呢，信吗？"沁园问。

袁导掏出一根烟。风很大，点了几回才点着了火。点着了，就递给了沁园。

沁园吃了一惊，却没有把这一惊放在脸上，只是默默地接了过来。烟从喉咙里钻进身体，慢慢地爬过五脏六腑，再慢慢地从鼻腔里爬出去。有些热，有些辣，却是妥妥帖帖的热和辣，仿佛它和她的身子，已经经历过了千次百次的磨合，天衣无缝，彼此相安，毫无初次相遇的揣摩和抵抗。

"我要是信了，会在这里吗？"袁导说。

沁园忍不住笑了。

从那件事发生起，家里就不再是原先的样子了。老刘取消了每周六晚上雷打不动的桥牌聚会，待在家里陪沁园看那些对他来说毫无兴趣的电视相亲节目。有时沁园回头一看，老刘已经侧身歪在躺椅上睡着了——侧着身子是为了不打鼾。儿子依旧话很少，但吃完饭后却会帮她把脏碗收拾到水池子里。老刘和小刘看她的眼神是如此的小心翼翼，仿佛她是一件超薄的明朝珍稀瓷器，略微吹重了一口气就要碎裂。

老刘变得很沉默。老刘向来是个浑身每个毛孔都大大地张开着，咕嘟咕嘟地往外冒热气的人。每一个走近老刘的人，都禁不住被他的热气蒸熏得也有了暖意。可是现在老刘的毛孔都盖上了盖儿。老刘是个手极巧的人，修得了世上每一样破损的物件，可是却不知道怎样修补一颗破损了的心。老刘在一个心碎了的女人面前不知所措。

有一天，沁园在饭桌上忍不住对老刘吼了一句："我又不是得了绝症，你们用不着把我当成明天就死的人！"老刘和儿子互看了一眼，却没有说话。后来老刘搁下饭碗，站起来，走到了院子里。沁园看见院里浓郁的金银花架下，有一个火星子在一忽儿明一忽儿暗地闪动着——是老刘在抽烟。老刘平时极少抽烟。

沁园就是在那个晚上决定要独自出门旅行的。

沁园知道，此刻她的名字，正像一捧过年吃的糖豆一样，被一只匿名的手，热热闹闹地从一家论坛翻炒到另一家论坛。攻击她的帖子，正如癌细胞一样在互联网上以惊人的速度爆裂繁衍。世界正绕着她刮起一股黑旋风，而她却是风暴中的那个风眼，与世隔绝地行走在风暴正中心的那个低压地带。多少年来头一回，她没有带电脑上路。她甚至没有带照相机——她是在出发的最后一刻，从旅行箱里取出了照相机的。

这一次，她决计要做一个毫无准备毫无期许置身于风暴之外的孤独行者。

在布拉格住下的时候，已经夜里了。旅馆的房间依旧是欧洲特有的那种拥挤窄小，几乎没有放置行李的空间，却有一扇罕见的大窗，几乎覆盖了一整面墙。

沁园把自己的行李箱竖着塞到了靠里的那张床边上。她和那个老女人搭房，老女人喜欢靠窗的位置。现在沁园知道了老女人姓徐，是一位退休的大学教授，从北京来巴黎探望女儿一家的。沁园记得那日在香榭丽舍大街等候旅游巴士的时候，老女人是自己一个人坐地铁来的，女儿并没有来送她。关于女儿，老女人没有多说，沁园也没有多问。沁园觉得自己和老女人都是一只蚌，只把壳张开一条够透一口气的细缝，怕张大了要钻进沙石，结了珠子。她和她的心里，都没有装珠子的空隙。

老女人把肩上的包卸下来，放到枕边，在床沿上坐下来，开始吃她的面包。今天旅行团里所有的人都跟着袁导在外边的中餐馆吃过了自助晚餐，只有这个老女人坚持回来吃。沁园想这个小肩包里到底存了多少片面包，可以供这个女人一口一口地维持这长长的一路？老女人脱了灰外套，薄毛衣底下的那扇脊背，正随着艰难的嚼咽动作而耸动着，嶙峋的肩胛骨把沁园的眼睛割出了血。

沁园烧了一壶热水，泡了一杯从家里带出来的豆浆粉，放到属于老女人那侧的床头柜上。

"徐老师，喝一杯豆浆吧，无糖的。"

那个被叫作徐老师的老女人显然吃了一惊，转过身来，对沁园笑了一笑。徐老师也许已经操练了一辈子笑，可是她笑起来依旧是一副疏于操练的样子，脸上的每一根皱纹都朝着各自的方向挪移着，彼此固执地抗拒着合作，始终没有能够妥协成一种和笑相宜的姿势。

"我膀胱有病，存不得水。"她说，把杯子往沁园那侧推了一推。

沁园没接。那杯氤氲着热气的豆浆，就在老少两个女人中间的那块模糊地带里渐渐凉去。

徐老师吃完面包，走到窗前，打开了那扇大窗。拦阻在外的夜风攒足了劲道，凶猛地冲进屋里，几乎把她推了一个趔趄。旅馆在布拉格郊外，寥寥几盏夜灯，遥遥地照出了旧城区古建筑物鬼魅似的尖顶。这一个夜晚无星也无月，只有风。街上几乎没有行人，地铁呼啸而过，与风声混为一体。落叶蜷成愤怒的拳头，与风抵抗着，却终于抵不过风，被风窸窸窣窣地推往更深更远的黑暗。

"你对布拉格，印象如何？"徐老师关上了窗户，问沁园。

沁园一怔。虽然白天在布拉格城区走了整整一天，可是沁园的心并没有在沁园的脚上。沁园的心也不在沁园的眼上。沁园的心甚至没有在沁园的心里。沁园的胸腔里没有心。原先藏着心的地方，仿佛被一只老茧丛生指甲尖利的手掏过，掏得很猛很急，掏出了一个边缘毛糙的大洞。沁园带着没有心的身体行走在布拉格的大街上，什么都看见了，却又什么也没看着。没有心的眼睛是缝隙巨大的竹篮，存住的，只是渣滓。没有心的眼睛，只记住了布拉格的灰涩和幽暗。查理大桥的每一座石雕，旧城区古堡的每一面墙，街头艺人肩上的每一把提琴，马车夫手里的每一根马鞭，似乎都蒙了一层厚厚的污垢——那是时间的河流冲刷过后留下的苔痕。连桥下的水，也流淌着浓腻乌涩的锈。那层锈垢之下，也许曾有过非凡的辉煌，可是没有了心的眼睛也没有了好奇，沁园不再想用记者和作家的犀利，来刮除锈垢，探讨底下高深莫测的究竟。

"这是我见过的，最灰暗的一座城市，最灰暗的一片天空。"沁园说。

徐老师没有回话，但沁园知道她有话，她的话正在她的肚子里翻腾作响。半晌，她才叹了一口气，说：

"那是因为，你没有见过多少城市，多少夜晚。"

沁园听出了她话语里的毛刺。这个老女人身上的毛孔打开了，正往外幽幽地散发着一股阴晦之气。沁园感觉一阵寒意如一条滑腻的蛇，正从她的脚心开始渐渐爬上她的脊梁。她被这股寒意逼得一步一步地退到了墙角，再无路可退。她扭开门，嗫嚅了句："我去服务台拿个杯子"，便落荒而逃。

逃到楼下，沁园才觉出了胸闷。

窒息。对，就是窒息。这个姓徐的老女人让她感觉窒息。她的瘦削是一种气场，她的寒酸也是。她的沉默，她的言辞，全部都是。她的气场无所不在，逼得沁园无处逃遁。沁园急切地需要一口没有被墙壁圈围过的空气，哪怕是灰涩的，涂满了时间锈迹的空气。

她跑到了旅馆门外，捂着胸口，抬头望天。

老天爷，请给我一颗布拉格的星星。一颗就行。沁园暗暗地祈求。

可是，云浓郁得没有一丝裂缝，没有，一颗星星也没有。

旅店门口的柱子上，斜靠着一个抽烟的人。那人看见沁园，嘿了一声——是袁导。

这一次不等袁导开口，沁园就摊开手来索取香烟。

第二根烟抽起来没有第一根顺畅。第一根的无知已经过去，第三根的熟稔尚未来临。第二根烟尴尴尬尬跟跟跄跄地行走在沁园的肺腑之间，搅得她咳咳地咳嗽了起来。

"这就是，你给我看的，布拉格之夜？"沁园问。

"不是。我想给你看的布拉格之夜，是不能在麦克风跟前讲述的。"袁导说。

"可是现在，没有麦克风。"

夜晚的凉意随着呼吸，化成一阵白雾，弥漫在两人中间。

失却了麦克风支撑的男人，话语里突然有了一丝与他的年岁相属的低沉和迟缓。

"辛迪，我心目中的布拉格之夜，只有一个，那是在1968年的秋天。"袁导终于开口。

"那晚全城都睡了，睡得很深。可是全城突然又都在同一时间醒了过来——是被雷声震醒的。那雷声很奇怪，是仿佛憋了十年百年的那种闷雷，从天边生出，一路滚到人的脚心，震得每一座楼房的窗棂格，都瑟瑟地颤抖。人们披着睡衣，打开窗帘，屋外没有下雨，却很亮，亮得耀眼，亮得人几乎瞎了眼。过了一阵子，人们习惯了那样的亮光，才发现他们熟悉的街道消失了。街已经被一群笨重的、鬼魅一样的黑色怪物覆盖住了。那些怪物，像硕大无比的乌龟，一只接一只，紧紧相连，看不见首，也看不见尾，一寸一寸地，爬满了布拉格的胸脯。当然，当时他们还不知道，那是坦克，苏联军队的坦克。"

沁园哧的一声笑了："你看了太多的米兰·昆德拉的小说。"

"这不是昆德拉的脚本。昆德拉的脚本里，没有一个音乐家，只有我的脚本里才有。"袁导说。

"在苏军坦克耀眼的白光里，出现了一位穿着睡袍的小提琴家。睡袍显然是匆匆地披上去的，腰带还没来得及系紧，前襟散乱着，露出胸脯上一团深棕色的毛。他迎着坦克的光亮走过去，他被那亮光刺得睁不开眼睛。他的一侧脸贴在小提琴面板上，他缓慢地行走在已经不再是街道的街道上，闭着眼睛，轻轻地舞动着他手里的琴弓，手指如玉兰花在琴弦上盛开怒放。轰隆的坦克声掩盖了一切别的声响，他听不见他的旋律。不过他既不需要他的眼睛也不需要他的耳朵，他早已把每一个音符每一个节拍记得跟心跳一样自然。这时他已经成了街上唯一的一个行人，一个不需要瞄得很准就可以瞬间被一颗子弹击倒在地的人。可是，没有人朝他开枪。一辆又一辆的坦克绕了一个小小的弯，从他身边开过。后来，有一个士兵，脱下军帽，朝他点头示意。当然，他看不见——他一直闭着眼睛。

"这是，布拉格历史上，最光亮的，也是最黑暗的，一个夜晚。"

沁园看见袁导的眼睛，在灰涩的夜色里闪闪发光。

突然，沁园的心回到了沁园的眼睛。老天已经答应了她的祈求，因为她看见了布拉格的星星——就在袁导的眼睛里。

突然，沁园的心也回到了沁园的脚上，因为她感觉到了，她深纹靴底之下，大地微弱的颤簌。那是1968年那个秋天的夜晚，坦克碾过之后的呻吟，年复一年，一直持续到今天。

"你，有点不像，导游。"

沁园对袁导说。

巴士在开往布达佩斯的路途中遭遇了一次大堵车。在距离布达佩斯市区二十公里处，两辆货运卡车相撞，使原本就狭窄的路面变得更加拥挤不堪。巴士的行进速度渐渐退化为蠕动。

十一排上的红衫女子站起来，大声问导游："袁导，几点钟了？"

红衫女子每天换一套衣服，套套是红衫，只是样式面料有所不同而已。

导游指了指车上的时间温度显示器，说："12 点 28 分。"

"还有多久到布达佩斯？"

"若这条路是我爹的，咱们半个小时前就该到了。可惜这条路我说了不算。照这样堵下去，一个小时，两个小时，半天，都有可能。"袁导说。

"我问的是什么意思，袁导你应该很清楚。"

"大姐，我答应您的事，我是一刻也没敢忘。只是车晚点了，您多担待点儿，一到布达佩斯，我保证就是尿急湿了裤子也先给您换座位，行不？"

众人哄哄地笑了起来。红衫女子没笑。红衫女子的脸紧了。

"照你的话说，晚上都有可能到不了布达佩斯。那我还得在这个位子上颠簸半天？"

"大姐，那您说怎么办？您要是能讲解，我就把我的位子跟您换了。您看行不？"

众人又哄哄地笑。红衫女子的脸越发地紧了起来。

"你这是怎么说话的？你是导游，答应了的事不兑现，还想不想要小费了？这又不是我一个人的事，你问问后边的人，是不是都是这个意思。"

红衫女子伸手朝她周边画了一个圆圈，被她圈进去的人都低下了头，没人接她的目光。红衫女子的手就无着无落地悬在了半空。

"车走动的时候旅客不能站起来行走，这是旅行社的安全规则。这个时候让大家换座位，就是我答应您，皮尔·卡丹大叔也不能——我们回去就没饭吃，光吃鱿鱼了。您好歹可怜可怜我们拖家带口的人。"

"别贫了，你。我可怜你，谁可怜我？你永远坐前排，这坐后排的滋味，敢情你一次也没尝过。反正是堵车，为什么不能从下个出口下来，换了座位再走？"

　　袁导就俯过身去和司机商量，两人嘀嘀咕咕地讲了半天法语。众人虽然听不懂，却也看出了司机面红耳赤的生气样子。袁导就对众人说："皮尔·卡丹大叔说了，现在下高速公路有两种可能性：一种是回来时路通了，咱们刚好躲过了路阻。还有一种可能性就是：路还是堵，咱们插不回去队了，那耽搁到什么时候，就更说不准了。大家看怎么办？"

　　众人就纷纷说不能停，已经耽搁这么久了，再耽搁下去，就错过整半天的行程了。

　　红衫女子冷笑了一声，说："敢情你们都串通好了看我一个人的笑话。我告诉你吧，我还真得下车。我尿急，你不让我下去我就尿在座位上了，信不信由你。"

　　旅途开始时袁导就说过，让大家不要使用车上的厕所，怕路程长了车里气味难熬。

　　袁导被逼到了墙角，拿手拍了几下前额，弯下身来对一排 A 座上的小郭说："兄弟你帮大哥一个忙，麻烦你们两个过去和这位大姐换个座。到了布达佩斯大哥请你吃匈牙利牛肉汤。"

　　小郭看了看女朋友，面有难色："我没事，她晕车，吐过好几回了。"

袁导扯了一把面巾纸，递给女孩："乖乖地听大人话，自己坐一会儿，放你男朋友一马。你在救一车人的命呢，知道不？"

女孩忍不住笑了，却笑得有几分勉强——袁导知道她是不愿意和那个红衫女子坐在一起。却禁不住袁导锥子似的目光，最后还是捅了捅小郭，示意他走。

小郭站起来，和红衫女子换了座位。红衫女子从十一排走到一排，走过了整整十排座位，一路上只觉得前心后背贴满了眼睛，凉的和热的都有，很是刺痒，却挠不得。走到前排的时候，她的腰腿就已经走软了。

坐定了，她从包里掏出一盒东西，撕开口，递给小郭的女友："麦饼，捷克的特产，挺好吃的，你尝尝？"

女孩摇了摇头，说："我不吃什么麦饼。"女孩说这话的时候，没看麦饼，也没看红衫女子。

红衫女子的微笑，还没完全展开，就僵枯在了嘴角上。

起来，匈牙利人，祖国正在召唤！

是时候了，现在干，还不算太晚！

愿意做自由人呢，还是做奴隶？

你们自己选择吧，就是这个问题！

"1846年3月15日，二十五岁的诗人裴多菲在这里——就是你们的脚站立的地方，朗诵了他的《民族之歌》。当时在他的周围，聚集了一万多人。这一万多人都是年轻人，有很多大学生，但他们并不是为了裴多菲的诗而来的。诗不过是引信，是火把。每一场革命，都需要这样的引信，这样的火把。就在这里，裴多菲用他的诗，把匈牙利点燃了。"

袁导指着裴多菲的全身雕像说。

沁园没想到裴多菲这么消瘦，用今天的标准看来，几乎瘦得有些营养不良。发际很高，高到接近谢顶的嫌疑。眼窝极深，但眼睛比眼窝更深。二十五岁的眼睛里，有远超过二十五岁的忧伤。其实，火并不仅仅存在于诗里。火在还没有变成诗之前，就早已存在他的眼睛里了。

徐老师没有在听。

全团几十号人马中，徐老师一直是为数极少的几个认真听袁导讲解的人之一。她不仅一字不漏地听，还会时不时地纠正他讲解中的细小错误。她纠正他的时候，声音很轻，显然不是给他听的，甚至也不是给邻座的沁园听的——似乎仅仅是一种自言自语的习惯。

挑错，这是教书先生的普遍职业病。沁园想。

可是当巴士接近布达佩斯城的时候，徐老师变得明显地心不在焉坐立不安起来。她显然没在听袁导的讲解，她的眼睛在不停地扫视着车窗两边的街道和建筑物，目光像蜻蜓的翅膀不停地扑扇，驻停片刻，又抽搐着离去，满是压抑得很紧的兴奋和压抑不住的紧张。

"一个多世纪之后的1956年10月，另一把火，点燃了另一场革命。这一场革命里没有裴多菲——裴多菲早已经死了。也没有诗。但旅途也是从这里开始的，顺着裴多菲的脚印走出去。这场革命走得很远，很远，可还是没能走到头。五十年前的尘埃到现在才渐渐落定，那场革命如今只留下一个名字，那就是纳吉。"袁导说。

"纳吉，是谁？"小郭的女友一脸茫然地问。

袁导看了一眼沁园，两人会心一笑。袁导知道这个团里有一半以上的人不知道纳吉。纳吉可以是许多东西。纳吉可以是一部复杂的史书，一门深奥莫测的学科；纳吉也可以是一场浩大争论的开始，或者一次煽动性演讲的结尾。可是纳吉无论如何不是一个由许多年轻人组成的旅游团的合宜话题。

"纳吉，嗯，也就是一个，失败的英雄。"袁导沉吟了半晌，终于说。

"许文强。"有人刚刚看过新版的《上海滩》，大嚷了一声。众人哄地笑了起来。

"许文强是英雄，但不算失败。"一个小伙子说。

"没得到冯程程，就是最最彻底的失败。"一个年轻女孩反驳道。

众人又是一阵笑。

徐老师没笑。徐老师没笑，是因为徐老师根本就没在听。徐老师已经渐渐游离了人群。徐老师背对着人群，独自走到了广场中间，脚步惶然，目光也惶然，像是一场目标不定的找寻，更像是一次温柔湿润的抚摸。

这是自从巴黎出发以来最晴朗的一天。天空如同一匹扯得极紧的蓝布，从地的这头，一路蒙到地的那头，找不见一丝皱褶、瑕疵。阳光白得让人几乎产生了夏天的错觉。没有风。地上的落叶，是在前一天的风里飘零的。枝头的叶子，正在明天的风到来之前苟且地享受着生命最后的辉煌。有一群鸽子从头顶飞过，翅膀在空中留下了一串凌乱的划痕，鸽哨声嘤嘤嗡嗡不绝于耳。

所有的记忆都不可靠，只有镜头，才能永久地，绝不走样地，把这个下午存留在记忆之中。

沁园第一次后悔没带照相机出来。

徐老师走热了，脱下身上的灰外套，塞进了随身的肩包里，包立刻鼓胀出了一坨肿瘤。撑得几乎要裂开口的肩包，趴在徐老师瘦骨嶙峋的背上，突然就叫她有了几分驮兽般的佝偻。

"我来，帮你背。"沁园走过去，对她说。

徐老师没听见，沁园就扯了一下她的肩包。

徐老师吃了一大惊，仿佛当街遇到了一个劫匪。她一把拽住了沁园，从沁园手中夺回了那半截从她肩上溜滑下来的背包带。

"啊，不，不，我自，自己来。"

沁园感到了隐隐的疼——那是徐老师的指甲在她的手腕上留下的掐痕。

"这里是有名的瓦茨街的街尾。从这里往回走，你们能看见整个东欧最著名的步行街。"袁导说。

"在这里你可以找到来自世界每一个角落的精品，当然，前提是你不在乎价格。我建议某些荷包并不十分饱实的年轻人，最好不要随便领你们的女伴逛这些店铺，因为进门的时候，你们还是亲密爱人，出门的时候，可能就该讨论分手之后的残局了。"袁导斜了一眼小郭，众人又是一阵大笑。

"其实，瓦茨街的繁华，并不是今天才开始的。就是在铁幕统治下的年代里，瓦茨街也是整个东欧的神往之地。它不是西方，却是离西方最近的一面镜子。连苏联的老大哥们，也会在每一个可能的假日里，带着家人来到瓦茨街，呼吸一下略微轻松清新的空气，在镜子里看一眼他们没有可能真正见识的西方世界。"

"不，不都是，这样的……"徐老师嗫嚅地说——依旧是自言自语。沁园看见徐老师的眼睛亮了一亮，她显然听见了袁导的话。

旅行团沿着瓦茨街打散了，开始了一个小时的自由活动。几天的相处，人群已经形成了只可意会的默契组合。这种不成文的松散组合，比任何一种有纲领制度规范的组合，更为牢不可破。向来独来独往的沁园，这次决定跟徐老师走。作为新闻记者的那个沁园，在沉睡了几天之后突然醒来了，她隐隐看见了一段泛黄往事留下的蛛丝马迹。

"徐老师，我请你喝一杯咖啡——我刚刚换了好些福林币。"

"哦，等等吧。"徐老师没有拒绝，也没有答应，只是匆匆地赶路。徐老师走得很快，脚步在路面擦起一股轻尘，快得连沁园也开始感觉吃力。

"徐老师，你不是第一次来匈牙利吧？"沁园问。

徐老师怔了一怔。

"你是作家吗？"她偏头看了一眼沁园，问道。

这回轮到沁园吃了一惊。

"你，你怎么知道的？"

"我不知道，我只是猜的——你眼睛很尖。"徐老师说。

沁园的心又落回了胸腔。

阳光开始偏斜，建筑物和树木在地面上投掷下大块大块的阴影。鸽子在光斑里绕着人脚来回回地行走，眼里充满了可怜的企求。

这个时候，徐老师的背包里，要是有一片多余的面包就好了。沁园想。

"很久以前，来过。"徐老师说。

"十年，还是二十年？"沁园问。

徐老师轻轻地笑了一声。这一声笑非常短促、干涩，没有任何拖泥带水的延伸和牵连，更像是一声没有痰的干咳。

"五十五年，零三个月，零六天，以前。"她说。

五十五年零三个月零六天是个什么概念呢？那就是把她和儿子欢欢的生命铺陈开来，再焊接在一起，才勉强可以抵达的长度。沁园想。

"是旅游吗？"

话一出口，沁园就感到了自己的无知。五十五年前，旅游不是人们生活词典里的一个常用词。不，它甚至不是一个生僻词。其实，那时它压根儿就不是一个词。

"我是和我们学校的——我是指莫斯科大学的——同学，一起来布达佩斯的。不，我们不是来看瓦茨街的西方稀罕的，我们是来参加匈牙利劳动青年大联欢的。那晚，我们在这里看了歌舞剧《海鸥》。"徐老师指了指不远处的佩斯剧院，对沁园说。这是她对她说过的最长的话。

留学生，她是前苏联留学生。原来，她是被那个旷世巨人称为"早上八九点钟的太阳"的那群人中的一个。

沁园心中有无数个问题，在前后拥挤着急切地等待着一个出口。可是她知道她不能心急。这个走在她身边的老女人是一管内涵丰硕却口子极细的牙膏，她只能慢慢地一点一点地挤，哪一下过重了，她就有可能把一管牙膏挤爆。

"你学的，是什么专业？"沁园问。

徐老师没有回话。牙膏的口子封住了，她的心已经不在沁园的话上。她的心在脚上——她在急急赶路，朝着佩斯剧院的方向。

日头又偏了几分，阳光把佩斯剧院切成了两半，一半在明里，一半在暗里。明里的那一半招摇地彰显着被岁月层层叠加上去的辉煌细节，而暗里的那一半只余下色彩和构架都已经走形了的模糊和灰涩。

徐老师沿着被阳光分割成的那条线朝剧院走去，最后的几步，几乎接近小跑了。可是，就在离剧院几步路的地方，她却突然慢了下来。

她仰脸看了一眼剧院门上张贴着的那几幅五颜六色的剧目广告，但是她的目光没有在上面驻留。她的目光沿着院墙心不在焉地扫了一圈，脚步就偏离了方向，摇摇晃晃地朝剧院后面走去。

剧院后巷是一个冷僻之处，游客的喧闹流到那里，已经成了一丝孱弱的尾声。剧院的后巷从来没想过招徕游人，剧院的后巷是一个卸下一切妆容的素颜女子。昨日的风把落叶推扫在角落里，每一脚踩上去都是惊心动魄的碎裂声。院墙边上有一排硕大的梧桐树，茂密的树荫遮天蔽日。种树秧子的人当时也许没有估算好成长空间，如今树和树、枝丫和枝丫之间是一片无法理清的拥挤和凌乱。

从左数到右是七棵。从右数到左也是七棵。

徐老师仔仔细细地数着那一排梧桐，最后在中间那棵树前停下了步子。她的目光伸出一根一根柔软的舌头，一圈又一圈地舔舐着树身。树被忽略了很久，也许一年，也许十年，也许从它被下种的那天起。它有些不习惯这种突如其来的亲昵，它在她关注的目光下不知所措地低下了头。渐渐地，她的脸上显出了游移的神情——她开始怀疑越行越远的记忆。

"应该，应该就在这里啊。"她自言自语地说。

突然，她像想起了什么，把头抬得更高一些。一圈，又一圈，她的目光开始了新一轮的巡游。

"啊，在，在那儿！"

徐老师轻轻地叫了一声，举起右手指给沁园看，树枝分杈处用利器雕琢出来的一行字。这行字在刚刚雕琢出来的时候也许是工整的，可是树在成长的过程里厌倦了字的存在，把它们愤怒地撕扯成了凹凸不平歪歪扭扭的一团。如今它们如同一条条饱肥而肮脏的蛆，拥挤无序地匍匐在树的苍皮之上。

"我应该想到，树是会长高的，怪不得我找不到。"徐老师喃喃地说。

沁园仔细地看了几个来回，才隐隐看清了一串加号和几个等号，其余的，一个字也认不得。

"是俄文吗？"

徐老师点了点头。

"卡佳＋德米特里＝革命＋理想＋爱情＝永恒。"

徐老师一字一字地念给沁园听。徐老师的声音是克制的——那是她一辈子养成的习惯。可是无法克制的，是她的声气。她的声气里有许多条细细的裂缝，每一条缝里，都渗漏着隐隐的激动。

"卡佳？"沁园疑疑惑惑地问。

"那是我的苏联名字。"

"那么，德米特里呢？"这是沁园的下一个问题。可是沁园还来不及问，就发现徐老师的五官突然抽搐了起来，越抽越紧，紧成了一个乱线团。

"德米特里，五，五十五年了，字，还在……"

徐老师呻吟了一声，捂住胸口，身子渐渐地低矮了下去。她瘫坐在树根上，两眼紧闭，面色煞白。

"药，药，在包里……"她摊开手，对沁园说。

巴士在离开布达佩斯的时候又耽搁了半个小时——是等红衫女子。

红衫女子提着大包小包从瓦茨街购买的礼品，匆匆跑上车来，高跟鞋在台阶上卡住了，差点摔了一跤。

红衫女子显然走了很多路，额上闪着一层猪油似的汗光，衣裳背上有两大团汗迹。她在座位上坐下来，就动弹不得了——礼品袋把她前前后后地围困住了。

"哎，你，"红衫女子腾出一个手指，指了指袁导，"别光站着看，给帮个忙。没看过杜拜的导游吧？你进商店买东西，他跟在后头提。每一分小费，挣得都有道理。"

全车的人都替袁导不堪。沁园低了头，不敢看袁导。

谁知袁导哈哈一笑，走到红衫女子身边，说："谢谢大姐把我当老公使唤——这才叫信任。"

众人哄地笑了。

得在这条路上走多少个来回，被人照脸打过多少记耳光，才能磨砺出这样的一副脸皮和这样的一条舌头呢？沁园暗想。

"瓦茨街的东西，比香港要贵个一两成，可是款式新啊。你看这款 Gucci（古驰）包包，要流行到香港，起码是六个月以后的事呢。"

红衫女子转过身来，对后排的一对美国来的夫妻说。

那对夫妻没有搭茬。这个时候车里没有人会和红衫女子搭茬——人们还在为那丢失在她手里的半个小时耿耿于怀。

袁导给大大小小的礼品袋都找到了稳妥安身之地，才对红衫女子微微一笑："大姐下回别尽买包了，也买只好表，看准时间。"

红衫女子哼了一声："我知道我晚了半小时。可是你先

前堵在路上，晚到了两小时，我说什么了吗？两下一减，你
还欠我一个半小时呢。"

"你这个……"车里有个中年男人正要站起来说话，却
被袁导用眼光狠狠地按捺住了。

袁导知道虽然旅程已经过去了一大半，但真正的转折点
却在今天。确切地说，就在这一刻。在这之前旅途所经过的
所有城市，基调是黯淡灰涩的，连地上的尘土，都带着太多
往事的凝重，让人沾上一鞋底，就沉得抬不起腿，走不动路。
故事很多，重复也很多，都是关于一种制度和另一种制度的
碰撞，一个政党和另一个政党的血拼，一部史书对另一部史
书的挑战。这个旅游团里大多是年轻人。年轻人对政见党派
阶级的故事不感兴趣，他们更愿意以性别衣装和爱好来划分
人群，搜寻能激活他们神经的故事。

巴士从布达佩斯开出去，就要跨越一条分界线。车后头
是贫困战乱和巨变留下的斑驳疤痕。疤痕还嫩，轻轻一揭，
就能渗出底下尚未凝固的血。踩在上面的人，还要格外小心
翼翼。车前去的那个方向也有疤痕，不，应该说是印记——
那是奢侈华丽和辉煌被时间冲洗过后留下的水迹。水迹虽然
在岁月里渐渐干涸，却依旧有金粉在里边隐隐闪烁。车子开
动了，袁导一下子就感觉到一股兴奋的潜流，在那伙年轻人

中间涌动。他甚至听见了他们蓬勃的心跳，在车轮碾转声的间隙里隐约响动——那是被压抑了数天的心，在急切地渴望着一帖解药，一种救赎。

这帖解药的名字叫维也纳。

袁导热切地迎合着年轻人的兴奋。他知道这帖解药的药引子，是一个女子——一个用微笑把维也纳和布达佩斯捏在手中的神奇女子，一个被演绎过无数次却始终不能被穷尽的多面女人。

他开始在车里播放电影《茜茜公主》的录像带。

蓝天白云之下的波森霍芬山林和原野，闪光的湖泊，在林中自由穿行的野鹿，一个面带稚气的长发少女，在山林里跃马扬鞭，艳红的马装在林木间留下点点流火……

人们很快被剧情吸引，安静了下来。

沁园看了一眼邻座的徐老师——她没在看录像。她正闭着眼睛靠着窗口休息，布达佩斯的街尘，在她的脸上驻留了下来，使她木雕一样深刻的皱纹，突然有了灰黑的颜色。服完药之后，她似乎安静了下来，离开佩斯剧院之后，就再也没有开口说过话。这管牙膏里的内容，沁园可能永远无法知晓了。然而即便是牙膏口子上那一丝渗漏出来的湿迹，也足够让沁园震撼许久。沁园知道她没睡着，因为她的两个眼皮上似乎歇了一只蛾子，一直在微微地悸动着。每一次的悸动，都是关于德米特里的一段回忆。沁园想。五十五年的人生旅途里，不知这一排排的加号，最后有没有通向那个等号。

沁园也闭上了眼睛。沁园的眼皮也开始悸动——沁园想到了儿子欢欢。今天是欢欢所在的足球队和蒙特利尔少年足球队的比赛日。欢欢从十岁开始练足球，今天的这场比赛，是他参加过的所有比赛中最大的一场，欢欢为此兴奋了整整三个月。可是，今天的啦啦队里，却缺少了一位母亲。

沁园习惯性地把手伸进裤兜掏手机——没找见，才突然想起她已经把手机关了，放进了旅行箱。她已经与外边的那个世界，隔绝整整一个星期了。

无论离了谁，地球都还是一样转。有没有她在场，欢欢都会度过这一天的。

哦，欢欢。

沁园迷迷糊糊地睡了过去。

"那个清晨，伊丽莎白，也就是那个被家人叫作茜茜的女孩子，吻别父亲巴伐利亚公爵马克希米利安走出家门的时候，太阳很好，云雀在杉树顶上欢快地啼叫。没有任何一个迹象表明，命运之神已经在她十六岁的脚踝上系上了一根看不见的细绳子，正牵引着她一步一步地走向一个她后来回忆

148

起来不知道应该称作天堂还是地狱的地方。"

袁导指着美泉宫外廊上一张茜茜公主的半身肖像说。

画里的茜茜公主还是个孩子。急于讨好皇室的画匠对这个孩子身上表现出来的天真又爱又恨。他的画笔想带着她逃离那种混沌甚至接近于无知的状态，可是他却发现她的天真是吸铁石，他的画笔走不了多远又被吸回到出发之地。于是她被他犹犹豫豫地搁置在了天真和成熟之间的一个尴尬地带。她的瘦弱里没有骨头，她的瘦弱让人联想起丰腴。她的稚气也是一样——她的稚气已经蕴含了第一丝的风情。还是孩子的奥地利皇后茜茜进宫后收到的第一份厚礼，就是一张精细的砂纸。这张砂纸在日后的几十年里慢慢地耐心地把她打磨成一个极不情愿的妇人。

"那天出门时茜茜穿的是一件家常的连衣裙，头发随意扎成一条辫子，发丝间还留着一片前一日在树林里纵马时粘上的枯树叶。母亲没有刻意打扮她。准确地说，母亲压根儿没有打扮她。母亲的眼睛和心都没有用在她身上，因为她不是这次出行的主角。主角是她的姐姐埃莱娜，也就是娜娜。"袁导说。

"娜娜和茜茜完全不同。娜娜出生时的第一声啼哭里，就已经隐隐蕴含着皇后的克制和端庄。娜娜和茜茜都爱做梦，做的却是不一样的梦。娜娜的梦里，是金碧辉煌的宫廷帷幕，还有绣着皇室徽章的红马车。茜茜也常梦见马，茜茜的马却不是拉车的马。茜茜的马是不受命于任何一个马夫的野马。它只听命于她一个人，它可以因她的一声令下一跃跨过山涧，它能用它的蹄子把她瞬间带入父亲传给她的血液里的那种癫狂。茜茜憎恶被高墙围围的一切，茜茜向往的是风和速度。可是，上帝就在那一天和她们姐妹俩开了一个残酷的玩笑：渴望墙的最终被给予了风，而向往风的却意想不到地得到了墙。

"那天的旅途是一次相亲之旅——是姐姐娜娜和表哥——年轻的奥地利皇帝弗兰西斯·约瑟夫之间的相亲之旅。母亲和姐姐为此行做了很多的准备，事到临头却依旧感觉毫无准备般的心慌。那天母亲和姐姐锁在屋子里颤颤絮絮地抚弄着装扮细节里的最后一个皱褶，而茜茜却被母亲打发去圆娜娜迟到的场。茜茜的率性和无章在那一刻成了她的祝福，也是诅咒——弗兰西斯在看到茜茜的第一眼时，就被丘比特的神箭射得百孔千疮，浑身瘫软。当姐姐娜娜最终摆平了额前的一根刘海和胸襟上的一条蕾丝，艳若天人般地出现在奥皇面前时，弗兰西斯已经瞎了眼，再也看不见别的女人了。十分钟，就在那关键的十分钟里，历史已经被改写，还是孩子的茜茜，出乎意料地成了奥地利皇后的最终人选。"

美泉宫配备了自己的导游，不允许外地导游入内讲解，袁导被拦在了外边。一个童话故事，被生硬地截断在凶吉未卜的开头。众人只能散去，自己结队进宫去搜索演绎那个其实早已是过去时了的未来。

红衫女子突然有些恐慌起来——她不会外语。这里不是瓦茨街。购物的语言不分国界，四通八达，畅行无阻。可是出了瓦茨街，购物的语言瞬间失灵。美泉宫的语言系统纷繁复杂，国界森严。在美泉宫的语言系统里红衫女子连门也找不见。

红衫女子知道她必须挤进人群，找到结盟的对象。她很快锁定了小郭和他的女友——毕竟，她和小郭的女友在一排座位上坐过几个小时，总算是一张兴许可以煨熟的脸。

她从挎包里打开一包新点心，递给小郭："捷克的麦饼，你女朋友不爱吃，你尝一片？挺好吃的，有点中国味。"

小郭摇摇头，指了指墙上的标志，说："这里不许吃东西。"就牵着女朋友飞快地走了。

红衫女子的下一个目标，是调整座位后坐在她后排的那对美国来的夫妻。然而那个妻子后脑勺上仿佛长了眼睛，未等红衫女子走近，她就扯了扯丈夫的袖子，两人一起闪进了纪念品商店。

　　红衫女子这才意识到，人群是水，她是一块浮在水面的油斑。油斑在水之上，油斑却钻不进水里去。水是软的，水又是硬的，水硬得她劈砍不动。水已经打定了主意，只要她一贴近，就把她像一口痰那样吐出去。

　　站在红衫女子身后的徐老师，轻轻地叹了一口气，走过去，对红衫女子说："我懂几句英文、德文，你可以跟着我进去。不过，先告诉你我不吃麦饼，也没几个钱，所有另外买门票的景点，我都不会进去。"

　　红衫女子的脸上，浮出了一朵惊讶的微笑。她一把搀起徐老师的手臂："你不用开口，我就看得出你是大学问人。这个风度，这个气质，造假是造不……"

　　徐老师从红衫女子的手中扯回了自己的胳膊，就势打断了她的话："你这位女同志，说话常常说过了头，不是夸人夸过了头，就是骂人骂过了头。你还是学一学老老实实说话，这样最好。"

　　沁园发觉，红衫女子的脸上，第一次有了一丝尴尬的表情。

　　三人就朝宫里走去。

　　走过一个展览厅，只见正中间摆放着一个玻璃柜，柜子里陈列着一件茜茜公主在某个盛大的晚会上穿过的礼服。礼服通身是月白色的缎子，层层叠叠的裙裾上，绣满了豆绿色的小花朵。沁园想象着茜茜穿着这件礼服的样子。那时她还在豆蔻年华，大概刚刚脱去马裤。当她在宫廷贵妇们的帮助下穿进这件衣服时，她们该怎样暗暗嘲笑她在紧得透不过气来的腰箍和宽如瀑布的裙裾里挣扎搏斗的笨拙？也许，就是在这一次的晚会上，她第一次见到了她生命中另一个重要的男人，匈牙利的安德拉希伯爵，一个和她一样拥有一腔不安分灵魂的人。

"现在的手艺人都死光了，就是把钱堆成金山银山，也没有人能绣得出这样精细的东西了。"红衫女子啧啧地赞叹着。

"上帝创造茜茜的那一刻，一定是在他刚刚从一场美妙的睡眠里醒来，精力无限充沛的时候。这样完美的睡眠，几个世纪才能有一次。"沁园对徐老师说。

"这个女人，不笑的时候，脸上有股杀气呢。"红衫女子说。

"不创造价值的美，是一种资源的浪费。"徐老师冷冷地说。

"你是说，茜茜的美，是一种浪费？"沁园问。

"在我们那一代人的审美观里，劳动是一切美的核心。"徐老师说，"世界上有许多种劳动方法，纺线耕田只是其中的几种。茜茜的劳动工具不是镰刀斧头，而是她的微笑。当下许多女人，用的都是这种工具。"徐老师斜了红衫女子一眼。

"你明知道，我说的不是这个意思。"沁园的脸涨红了，"裴多菲烧起来的火，不是弗兰西斯·约瑟夫的刀剑灭的。是茜茜用她的微笑，征服了强悍的敌人匈牙利。奥匈的联手创造了这片土地上罕见的祥和平安——那是一个女人用她的微笑创造的价值。这个价值，难道不比稻谷和棉线值钱吗？"

徐老师沉吟片刻，才说："无论是刀剑还是微笑打造的帝国，到底是福祉还是灾祸，是要后人来判断的。奥匈帝国几十年后就分崩离析了——这是人民的选择，不是茜茜的。"

这个女人身上的坚硬苏俄印记，像鞋子里的一颗沙砾，硌得沁园忍无可忍。

"你不能因为奥匈帝国不存在了，就否定它当年存在的价值。"沁园感觉到了游客投在她身上的目光，才意识到她的嗓门太高了——连忙压低了声音，"你们那代人当年用热血捍卫苏维埃理念，你会因为苏联解体了，就否定你的青春你的理想吗，卡佳同志？"

嘎的一声，地球停止了转动，陷入了万劫不复的沉静。徐老师的脸色变得煞白。滴答。滴答。沁园仿佛听见徐老师脸上的血，正一滴一滴地掉落在地上，把地砸出一个一个的浅坑。徐老师的身子突然扁缩了下去，瘫软在走廊的长凳上。

沁园的手脚开始出汗。痛快啊，痛快！多久了，多久她没有这样放肆而凶恶地戳过人心尖子上的那块肉了？

可是，她并没有感觉兴奋。

"对不起啊，对不起。"沁园嗫嚅地说。

"哦，不，没什么。"徐老师缓缓地站起来，朝前走去，"也许，你，有你的道理。"

沁园发觉徐老师一下子矮了许多，走路的时候，裤脚拖在地面上，发出窸窸窣窣的声响。

那一个下午，她们没再说话，景点提供的讲解耳机适时地缓冲了长久的沉默带来的尴尬。三个女人各怀心事，把美泉宫潦潦草草地走了一遍。

回到旅行巴士的时候，已经是傍晚了。维也纳把一天里最后的辉煌，涂在了美泉宫的屋顶上。天穹中有鸽子飞过，却飞得很慢。维也纳的鸽子和布拉格、布达佩斯的鸽子不一样，维也纳鸽子的羽翼上带着优雅的不屑和傲慢。

袁导问大家玩得怎样，红衫女子哼了一声，说和凡尔赛宫没法比，那是大都市和县城的区别。

一位和同学结伴出游的年轻女学生指了指被巴士渐渐甩

在身后的宫墙，说："有这样的县城，还要都市做什么？谁要是能给我美泉宫的一个小角落，我就一定死心塌地嫁给他，绝不反悔。"

众人哄地笑了，说别说一个角落，就是给间厕所我们就满足了。

小郭的女友叹了一口气，问袁导："茜茜公主拥有了世界上一切好东西，弗兰西斯皇帝除了命不能给她，其他什么都给她了，可是她为什么还不满足？"

"你觉得，茜茜公主真的，拥有了世界上的一切？"

"基本可以这么说。"小郭的女友说。

"那我给你讲茜茜公主生命中最黑暗的那个夜晚。"袁导说。

"她要还有黑暗夜晚，我们就都长年住在煤窑里了。"小郭说。众人又哄地笑了。

"其实每个人一生里，都有自己最黑暗的夜晚。"袁导说。

"茜茜也不例外。"

"茜茜生命中最黑暗的那个夜晚，发生在 1890 年。那年，茜茜五十三岁，行走在老和不老的那条边缘线上。她最心爱的大女儿，就是那个被她称为'唯一的孩子'的苏菲，早已病逝在她和弗兰西斯皇帝出巡的路途上。而她唯一的儿子鲁道夫，也已在一年前自杀身亡。鲁道夫从小在奶奶身边长大，和母亲感情疏远。他的死虽然让茜茜难过，却不是那种锥心刺骨的难过。她的难过另有缘由。

"茜茜在维也纳的贵族群里，是一个异数。她虽然是奥地利的皇后，她心里真正向往的，却是另一片土地，一片叫匈牙利的土地。茜茜向往那里开阔的森林和原野，桀骜不羁的马群，乡间少女不施脂粉的天然红颊，集会上男人们狂野的拍腿舞蹈。当然，她对那片土地的向往，是和一位男人密不可分的。这位男人就是匈牙利的宰相安德拉希伯爵。

"当十六岁的少女茜茜遇到她的表哥弗兰西斯·约瑟夫时，两个截然不同的人被未经世事的好奇心驱使，产生了年轻而盲目的碰撞。而当二十九岁的茜茜遇到安德拉希伯爵时，那是一个成熟的灵魂在嘈杂的尘世里遇见了另一个相似的灵魂时的默默惊喜。在遇见茜茜之前，安德拉希伯爵是奥地利的头号敌人。他的父亲在那场裴多菲的诗歌点燃的起义中，被奥皇派出的军队杀害。而他自己，也在流放途中被奥皇处以象征性的绞刑。当名义上的死囚安德拉希伯爵邂逅了茜茜公主的微笑时，他发现他对奥地利的坚定敌意遭遇了前所未有的挑战。茜茜的微笑如一股柔软却无坚不摧的流水，流穿了父亲的鲜血在他心中结下的坚硬痂痕。那一天，他和她都很奇怪，他们的话题不是关于宫廷国界皇权的，他们甚至绕过了裴多菲，他们只是谈到了莎士比亚、海涅，还有马。

"她和他是一种人，都憎恨宫墙、礼仪、绳索、镣铐，但他们却都生活在其间。当安德拉希伯爵把象征匈牙利最高权力的皇冠戴到茜茜头顶的时候，事实上他又在她众多的枷锁上添加了最粗最重的一道。在茜茜后来的日子里，她无数次离开让她几乎窒息的维也纳宫廷，来到匈牙利巡游。在她自己的宫廷里备受挑剔指责的茜茜，在匈牙利得到的，却是仅次于上帝的拥戴和崇拜。她曾无数次和安德拉希伯爵一起纵马原野，她的马和他的马几乎紧紧相贴，他的鼻息在她的耳畔厮磨生暖。然而她和他中间，却隔着一道再好的骏马也无法逾越的鸿沟。这条鸿沟的名字，叫国家利益。其实她知道，还有一种方法，能够让她走过那道鸿沟。那就是，她必须放弃她的马，脱下她烦琐的宫廷命服，摘下她头上的那顶皇冠，赤脚涉水。她没有勇气。她一直没有。皇冠并不重，只是脚很重。脚下是一个国家，不，两个国家的重量。

"1890年的那个夜晚，五十三岁的茜茜接到了安德拉希伯爵的死讯。她终于知道，她丢失了她一生中唯一的，也是最后的得到光明的机遇。那天以后，还会有很多匹骏马很多道鸿沟，只是等候在鸿沟那边的，再也不会是另一个安德拉希伯爵了。在那以后的日子，将是万劫不复，没有缝隙的黑暗。

"那个夜晚，是茜茜一生中最长最黑暗的夜晚。她一夜无眠地坐在窗前，等候着厚厚的丝绒窗帘从金黄过渡到浅灰，从浅灰过渡到深黑，再从深黑变回浅灰，变回金黄。清晨服侍她的贵妇们敲开她的房门，她们看见的，是一个满头白发一脸褶皱的彻头彻尾的老妇人。"

一车的旅客都没说话，空气有些湿重，似乎随意一拧，就能拧出一些带着咸味的水汽。

袁导有些后悔。他知道他刚刚成功地谋杀掉了一车的轻松快乐。其实他一点也没想把属于布拉格和布达佩斯的沉重带进维也纳。可是，他的嘴偏偏背叛了他的脑子。不知何时起，他觉得他的嘴离他的脑子越来越远了。

离开萨尔斯堡前往夜宿地因斯布鲁克的途中，车里的气场突然变了。在小郭的带领下，一车的人开始拍手跺脚荒腔走板地高唱《音乐之声》的插曲"哆咪"——萨尔斯堡留给他们的最深印象，竟不是音乐神童莫扎特，而是那个具有世界上最动听歌喉的风情修女玛丽亚。连这一两天里很少开口的徐老师，也闭着眼睛，跟着节拍轻轻地敲打着自己的膝盖。

被袁导在维也纳不经意间压抑住了的狂欢，在延缓了一天之后，带着沿途积攒的能量，凶猛地爆炸开来。

Doe, a deer, a female deer,

Ray, a drop of golden sun,

Me, a name I call myself,

Far, a long long way to run...

袁导放了心：属于历史的沉重，终于被彻底丢在脑后，这一车的人，总算可以携带一两片轻松的记忆，走在归家的路上了。袁导在导游座上安稳地坐了下来，闭目养神，听由这一车的快乐，水一样地在每一排座位之间毫无章法地奔走流窜。

突然他的手机响了起来——是个熟悉的号码。他拿起来，紧紧地贴在右耳上，一只手捂着另一只耳朵，在满车的喧闹声中大声讲起了电话。

坐在第一排的沁园，听见他断断续续地狂喊。

"妞妞？啊，是，是爸爸。什么？还要一千？不是刚汇过去三千吗？啊……啊……iPhone？不是有了吗？啊？什么？听不清……哦，换代？先凑合用着，以后再说，行不？"

接着是几秒的沉默——是他在听。终于，他打断了电话那头绵长的理由，叹了一口气："妞，爸爸的钱也不好挣，你能省，就替爸爸省一省，好吗？"

放下电话的时候，沁园看见袁导脸上原先绷得紧紧的肌肉，突然松弛了下来——那是她从未发觉过的疲惫。

他坐立不安，不停地挪动着身子，用手纸擦着脸上额上豆子一样的汗珠。她知道他想抽烟。其实她也想——这几天他轻而易举地把她带坏了。可是离下一个出口还很远，他不能抽，她也不能。于是她从手提包里摸出一盒口香糖，扔给他一块。

他接过去，凶猛地咀嚼起来，两颊的肌肉剧烈地凹凸着挪移着，仿佛跑动着两只饥饿的老鼠。

"女儿？"她问。

"无底洞。"他回头看了她一眼，"你有吗，这样的麻烦？"

"还好，我儿子用的是他自己挣的钱。"沁园说，"你为什么一次给她这么多钱？"

问过了，她有些后悔。这是一扇危险的门，门那头不知潜伏着一只什么样的怪兽。

回答最终来了，是在半晌之后。

"离婚。"他说，然后闭上了眼睛。

她知道门关上了。她不想敲，他也不想开，便都沉默了。

她想起了欢欢。欢欢虽然只有十六岁，却深谙花钱之道。欢欢买衣服只认一个牌子，那就是 Abercrombie & Fitch。欢欢买运动鞋只去一家店——adidas（阿迪达斯）。但欢欢每天早晨都去送报纸，刮风下雪也是。欢欢周末帮邻居看孩子，暑假里给比他小的孩子当家教。而且欢欢知道在过季的时候买折扣货。这几个月欢欢极少问她要零花钱。其实，内心深处，有时她渴望欢欢能够跟她开口。欢欢可以和同学煲一个晚上的电话粥，可是跟她说的话很少，少得几乎接近于无。她觉得欢欢是一根用锡纸封得紧紧的管子，她不知道里边装的是牙膏、眼药，还是其他。

临近因斯布鲁克的时候天突然翻了脸，云从四面八方涌来，像厚重的脏棉絮低低地压在头顶，仿佛一伸手就可以拽出一把水来。可是雨一直没有下，只是风一阵比一阵疯狂了起来，把路边的树压得贴到了地面，电线像瘦蛇在空中狂舞。

下了车，众人无心逛夜市，在旅馆边上的一家小中餐馆胡乱吃了一口饭，就都进旅馆住下了。

临进电梯，袁导悄悄对沁园说："放了行李就下来，我请你在底下喝杯咖啡。"

沁园点头，说："我带徐老师一起下来。"自从那天在美泉宫和徐老师顶过嘴之后，沁园总觉得心里有些不安，想找个合宜的时机补过。

谁知走在旁边的小郭听见了，就大嚷："凭什么不请我？匈牙利的牛肉汤，我到现在也没喝上，白帮了你一路忙。"

袁导连忙说："请，请，不仅请你喝咖啡，还请你吃甜品，行了吧？带上女朋友。"

小郭这一嚷，惹来了一群人，说不能厚此薄彼的，要请就得大家都请。沁园就出来打圆场："他那点小费，够请谁啊？不如谁愿意下来的都下来，各付各的。"众人都赞同。

回屋放下行李洗过澡，果真有那么十来个人下楼来喝咖啡。咖啡厅很小，两张小桌子拼成一张大桌子，大家腿挨腿地坐下了，屋就显得满了。外头风一阵紧似一阵，窗棂格嘭嘭作响，像有人用一只巨掌在捆砸。林涛如雷，轰隆隆从头皮上碾过，震得人心惊胆战。

有人咕地笑了一声，说这种鬼天气讲鬼故事最适宜。话音未落，只听见天花板上的吊灯哧哧地响了起来，颤了几颤，噗的一声灭了，一屋陷入没有一条缝隙的黑暗。沁园向来胆大，却也禁不住起了几片鸡皮疙瘩。

旅店的侍者打着手电走进来，说可能是电线被风刮断了，让众人先坐着不动，等候消息。就点了两根蜡烛。蜡烛很是粗大，却不够亮，摇摇曳曳地把黑暗剪出两个昏黄的洞眼。咖啡淡而无味，像洗碗水。袁导问："还讲鬼故事吗，这会儿？"小郭的女友啊的一声尖叫起来，说："夜里我做噩梦找你睡。"说完了，才知道说错了，一桌的人早笑得沸沸扬扬——才壮了些胆。

袁导说电梯死了，反正也回不去屋，我们不如就做个游戏，打发时间吧。每个人讲一个一生里最黑暗的夜晚，必须是真事，不许胡编乱造。

众人都说好，却你看我我看你，都不开口。一屋都是咕噜咕噜的声响——那是往事在肚子里发酵翻泡。

袁导就推了推小郭，说谁叫你是最小的一个，好事坏事，都得先摊在你头上，想逃也逃不了。

小郭看了一眼女朋友，女朋友咦了一声，说你讲你的，有我什么事？众人说他怕你呢，多少给点鼓励，装装样子也行。女朋友哧地笑了，拿膝盖碰了碰小郭："说就说呗，看有没有我不知道的秘密。"

小郭挠了半天头，才哼哼唧唧地说："也就是，等她签证的那一晚吧。她已经签过两趟了，都拒签了——在北京。这次准备到上海的领事馆，再试一次。她发最后通牒了，说这回再签不出来，我们就，就算了。她们家，不让再等了。

我知道她面谈的日期。那天，我给她打了二十多个电话，她都没接。没有 email，也没在 QQ 上。她好像，就从地球上消失了。我坐也不是，躺也不是，心想是熬不过去这个夜了。直到早上六点四十分，她才发了个信息来，就两个字，'成了'。我也不知道，这算不算是最黑暗的夜晚，反正是够难熬的。"

小郭的女友看了小郭一眼，眼神湿湿的。

桌子上有个中年男人，听了就笑，说："年轻就是好，什么都没经历过。这要算是黑暗夜晚，到了我们这个岁数，回头再数一数，就没几个白天了。"

小郭不服，说："年轻也不是我的错，总不能生下来就饱经沧桑吧？我的故事算是砖，你们的是玉，行不？总得有人扔块砖，要不怎么出得来玉？"

袁导就鼓掌，说："不能打击积极性，尤其是开路的先锋。这样吧，我给你们讲一个真正的黑暗夜晚——是别人的，先给你们来点儿灵感，你们受了启发，才知道怎么在黑暗的路上越走越深。"

众人不干，说你定了规矩都讲自己的事，别拿别人的故事来充数。袁导说这可不是一般的数，有了这个数垫底，下面的夜晚就好办了。徐老师就说让他试一试吧，不好咱们再毙了他。众人没想到老学究也能讲出这样的话来，忍不住又笑。

"其实，这个夜晚非得从它的白天讲起不可。这个夜晚如果不是从这样一个白天衍生出来，它也就不会显得那么黑暗。这一天，是1956年11月3日。地点：布达佩斯。那天正巧是周六，天气非常晴朗，没有云也没有风，天空，树木，街景，都静止得如同卢浮宫里陈设的一幅色彩浓烈的油画。假如你不知道前几天的事，你站在这样的街头，放眼望去，一定会以为，这是一个什么也没有发生过，什么也不会发生的，天底下最宁静的城市。

"如果你的眼睛肯再往前走两步，也许你就会发现这宁静之下的破绽了。街角来不及运走的垃圾里，还存留着人群踩掉的鞋子，挤丢的帽子和眼镜，带着锈迹的子弹头，还有弹片从墙壁上刮下来的碎石渣。

"如果你再走几步到英雄广场，你的惊讶才会渐渐放大。广场变了，多了一样东西，也少了一样东西。多的和少的那样东西，都是那样明显。多的是一块丑陋的大石盘，盘上有两根裸露着钢筋的粗矮石桩。走到跟前，你才会发现，那两根粗桩原来是两只截断了的靴子——那是一座雕像的仅存部分。少的当然是石基座上的那个雕像。那座高25米，重几吨的巨大雕像，就在几天前的一个夜晚，在几杆切割枪的围攻之下轰然倒塌。它在英雄广场的土地上，也在匈牙利的胸脯上，砸下了一个巨大的，永远无法复原的坑。雕像上的那个人，仅仅在几天前，还会让布达佩斯一城的人诚惶诚恐，胆战心惊。他的名字叫斯大林。

"如果你走到国会大厦，你会发现另一个惊奇。房顶上代表苏维埃的红五星，已经消失了。那面红白绿三横条的国旗，中间被撕出了一个鲜血淋漓的大洞，象征着国家政权的国徽，已经从这面旗帜上消失。

"但是，那天，对普通的布达佩斯市民，不，不仅是对他们，甚至对他们的最高领导人伊姆雷·纳吉来说，都是一个蕴含着美好希望的日子。混乱已经过去，和苏军的撤军谈判正在顺利进行，十多天来弥漫在布达佩斯街面上的浓烈烟尘，已经渐渐落定。

"纳吉政府已经制订了一个行动计划，要在第二天，也就是星期天，彻底清扫他们的首都，把战乱的痕迹，从每一条街，每一面墙，和每一个人的心中，干干净净地抹去。街上不会再有枪声，大人的脸上不会再有血迹。孩子的眼中，不会再有惊恐。

"星期一，到了星期一，母亲们会站在门前，目送着自己的孩子们重归校园的欢快背影。父亲们会穿上洗干净的工作服，手提着午饭盒去赶久违的班车。而爷爷奶奶外公外婆们，会坐在窗外，享受着严冬到来之前的最后一杯户外咖啡。匈牙利已经付过了沉重的代价，匈牙利现在应该是疗养复元的时候了。

"可是，这个白天的梦想没有能够持续到夜晚。那一夜，纳吉（匈牙利总理）留在国会大厦，没有回家。第二天，纳吉也没有回家。事实上，纳吉永远也没有能够回家。

"那天午夜，克格勃手握毛瑟枪，冲进了苏匈谈判会场。

"那个夜晚渐渐走向凌晨，而那个凌晨仅仅是走向了一片更深更浓的黑暗。

"凌晨四时，苏军的坦克从四面八方开进了沉睡中的布达佩斯。那个夜晚，是世界广播史上永难抹去的一块污斑。匈牙利总理纳吉用四种语言，寻找失踪了的国防部长。匈牙利著名作家哈伊，用颤抖的声音，向全球发出了令人心碎的呼喊：'救救我们吧。'

"世界听见了他们的呼喊，世界却沉默了。纳吉和哈伊把黑暗撕扯出了破绽，可是黑暗太稠太浓，他们的声音，还是丢失在了黑暗的缝隙里，几十年后，才有了回响。

"对纳吉来说，这个他一生中最黑暗的夜晚，永远没有能够走向白天。从那天起，他就生活在持续的黑暗之中。两年以后，在一个没有太阳的早晨，他被送上了绞刑架。当绞索还没来得及套上他的喉咙时，他给世人留下了一声似乎有很多解释，却又似乎永远无解的呼喊：'社会主义的，独立的匈牙利万岁！'"

众人听了都唏嘘。连那几个不知道纳吉是谁的小年轻，也明白这个故事是所有暗夜故事的合宜开端。

半晌，徐老师才叹了一口气，说："他也就是生错了年代，要是他晚生三十年，那整个故事就得改写。"

袁导摇头，说："他要是晚生三十年，兴许就是个碌碌无为的庸官。三十年后的舞台变了，演的也不是那一出戏了。"

众人想想也是。

小郭推了推袁导，说："我怀疑你是在打岔。你还没有给我们讲一个，你自己的夜晚呢——那可是你定下的规矩啊。"

袁导的手，伸进了裤兜里摸烟。手有些抖，摸索了半天才摸着了烟盒。这一次，他没有递给坐在身边的沁园，他只抽出一根给了自己。这根烟抽得很慢，屋里的人，都听见了烟在他的肠里胃里嘶嘶行走的声响。烟在他肚子里走过长长的一圈，又从他的嘴里喷出来，先是一个个小小的紧紧的圆圈，渐渐地升高了，变得肥胖起来，不再紧，也不再圆，疲软地钻过蜡烛剪出的洞眼，撞在昏黑的天花板上，无声地碎裂开来。

"十几年前的北京城，社会科学院历史研究所里，有一个青年才俊——他愿意别人这样叫他。"一根烟抽过了一半，袁导才开口，"他从全国最有名的那所大学毕业，学历史，欧洲历史。如果可以分得更细一点，他的专业是东欧历史。"

"哎，说好了，讲自己的故事，怎么又……"小郭的女友嚷了起来。沁园瞪了她一眼，把她那半截抗议瞪了回去。

"未到三十岁，他就已经发表了许多篇论文，在国内国际的期刊上。三十出头，当别人还为副高职称打破脑袋的时候，他已经顺利晋升正高，成了博士生导师。

"他进社科院的第三年，认识了一位外文所的女孩子，学法国文学的。他见她的第一面，头脑还来不及形成任何想法的时候，心就咕咚一声头重脚轻地栽了进去，一下子栽进了深渊谷底——他猜想她也是。三个月后，他们就结了婚。一年以后，他们就有了一个女儿。

"那时的北京，还来不及精彩热闹起来。他们住的，是院里分配的宿舍楼，厕所厨房在屋外的走廊里。半夜起来上厕所，得从热乎乎的被窝里钻出来，披上冰冷的大衣，走到屋外。他的母亲从乡下来帮他们带女儿，一家四口住在一个用布帘子隔成两块的小房间里，夜里每一个动静听起来都惊天动地。她的事业很不顺，晋职进修，每一个关口都是逾越不过的沟坎。她很灰心。'憋死了，快憋死了。'这是那几年里她最经常说的一句话。

"后来她决定去法国留学。他其实不想让她走，可是他知道，如果不走，她也许会患上忧郁症。那阵子她失眠得厉害，神情举止都有些恍惚。于是他放了她。她把女儿留给了他。他的母亲有事回了老家，他又舍不得让女儿跟奶奶到乡下，于是他就成了女儿的爹，女儿的妈，还有女儿的奶奶。他知道哪一种痱子粉用起来最省钱也最有效，哪一种奶粉保存期长又合女儿的口味，他背得出女儿托儿所老师和小儿科医生的电话。女儿开始说话的时候，有一段时间会在人前叫他'妈妈'。

"过了一年，她写信来要他去法国探亲。他其实是不想去的，因为他太喜欢他的专业了，他舍不得放弃。他心里有杆秤，一头摆着她，一头摆着事业，他实在分不出，哪一头比哪一头更重。最后终于让他选择去法国的，是女儿。女儿快四岁了，依旧一时清醒，一时糊涂。清醒的时候，她管他叫爸；糊涂的时候，她管他叫妈。

"就这样，他带着女儿，来到了巴黎。他的英文不错，却完全不懂法语。他不认识街上的路标，也看不懂商店里的商品标记，甚至听不懂女儿幼儿园老师最简单的一句问候。在巴黎他尽失了他的聪明睿智灵气，在巴黎他成了一个有眼的瞎子、有耳的聋子，一个无所适从的、地地道道的乡下人。

"后来，她给他找到了一家语言学校。早上送完女儿去幼儿园，他就去那里学半天法语。下午接女儿回家之前，他去美丽城温州老板开的小百货店里搬运货物，挣回几个小钱补贴家用。夜深人静的时候，他想念他的书他的学生。'憋死了，快憋死了。'物换星移，这句话现在成了他的口头禅。

"后来，她毕业了，在一家国际贸易公司找到了一个中法文翻译的职位。女儿也进了小学。而只有他，依旧在语言学校和美丽城中间往返。他的法语长进了一些，刚够他问得清楚路，大致看得懂货物商标，还有大选期间各党候选人的名字。

"有一天，她下班回家时，带回来一张中文剪报——是当地一家华人旅行社招聘导游的广告。她说你一肚子的欧洲历史，正好可以找个出口，省得憋坏了。他想了想，面有难色——他脸皮太薄，做不了这种为一块钱小费半个百分点的折扣看人眼色、跟人磨牙的事。她斜了他一眼，说饿肚子的人顾不得脸皮，我总不能养你一辈子。

172

"她的这句话像一把钝刀子，扎进了他的心。他不能往外拔，更不能往深里插——这两样的疼他都受不了。所以这把刀就在他心里存留了很多年。

"就是因为她的这句话，他成了一名导游。第一年的日子真像是走了一趟炼狱：为15分钟的耽搁而拒绝开车的司机，为3块欧元的门票打死不肯下车的游客，用看垃圾那样的眼光看他的边境巡查官，为一个订房的小错误而叉腰破口大骂的旅店老板……他的脸皮像洋葱，这些人走过他眼前，一层一层地撕着，撕到最后，只剩下了一个光秃秃的核。不知从哪一天起，那个核结了痂，成了石头成了铁，不知冷热，也不识痛痒——他就适应了。

"他在旅行社里跑的是长线，最短七天，最长两周。两趟行程中间的间歇，他哪儿也不去，只在家陪妻子和女儿。他给她们做最好的饭食，带她们出去郊游购物，他把每一个在家的日子，过得像一个盛典——是为了弥补他不在家时的亏欠。

"有一天，洗澡的时候，他发现他的鬓角出现了第一缕白头发。他恍然大悟：他一生的雄心壮志，到这时已经变成了女儿的成绩单和妻子脸上越来越难得的笑颜。人生大抵如此，他毕竟拥有了一个差强人意的圆——不是圆满的圆，而是团圆的圆。他往后的日子，大概也就是绕着这个圆心来回转悠罢了。

"可是，老天爷不肯。老天爷还有话要说。

"有一回，他走的是一个七天的旅程。可是不知怎的，他告诉了妻子他要走九天。后来他无数次回想起来，总觉得那个无意间犯下的口误，有着一种宿命般的惊心和无可更改。

"临回家的前一天，他才猛然想起他把日子告诉错了，但他不想更正了——他想给她一个惊喜。他算好了到家那天正好是情人节，路过荷兰的时候，他在一家有名的钻石工厂里给她买了一枚钻戒——她跟他结婚这么多年，竟然一直没有戴过戒指。这枚戒指他用了最大的导游折扣之后，还耗费了他好几个月的工资。他想象着她看到这件礼物时的惊喜表情，心里竟然有了一丝初恋时的温柔悸动。

"走到家门口，他迫不及待地掏出钥匙开门。妻子穿着睡衣从屋里冲出来，一脸的惊诧和慌乱。惊诧是他意料之中的，慌乱却是陌生的——他从未在她脸上见过这种表情。他急急地摸出裤兜里的那个戒指盒子，她却没有看。

"她把他死死地堵在门口，恳求他先不要进去。她的声音带着一丝接近于绝望的哀求。她反身回屋将门反锁上，他站在门外等候，心里飞过一千种设想——哪一种也不是后来他看见的情景。五分钟后，她开了门。她已经穿上了外衣。屋里的沙发上，坐着一个头发蓬乱领带系歪了的男人——是她公司的老板。

"她没有说话，她只是坐在那里默默地低头流泪。'我只是，太寂寞了。'这是她后来唯一的解释。

"那晚他一直醒着，他无法合眼。他的眼睛里埋了一颗沙砾，他无论如何也无法把它揉出来，除非他剜掉眼珠子。他知道，他唯一能够合眼的方法，就是离开这个家。

"可是，离开家就是离开女儿。女儿是他的心。眼睛和心，他不能两全了，他只能挑一样。最后，他决定剜心。在他职业导游的生涯里，他阅人无数。他见过了许多没有了心还在世上行走的人。他们能活下去，他想他大概也能活下去。

"于是就到了那个夜晚。那天他们办完了离婚手续，回家和女儿吃最后一顿三个人的晚餐。女儿从小是跟他长大的，女儿和他不像是父女，反而更像是母女。那顿晚饭吃得很安静，谁也没有说话。

"妻子不说话，是因为妻子没有话。女儿不说话，却是因为女儿有太多的话。女儿的眼睛里藏了大大的一汪泪，女儿知道她一开口，眼睛就盛不住泪了。女儿读中学了，女儿不想在他面前哭。

"吃完饭，女儿送他下楼。这是巴黎最冷的一个夜了，漆黑，路灯很黄，云很厚。云上面压的不是雨，而是雪——是那种湿黏的肥厚的雪，正等着风把云吹开一个口子，好急急地重重地坠落到地上。女儿望着他，还是不说话。他打开车门，说：'妞你听妈妈的话，爸爸周末来看你。'女儿突然转身抱住了路灯柱子。女儿抱得非常紧，灯柱在她手里发出一阵凄厉的呻吟。女儿仿佛是一个溺水的人，死死抓住一根漂木不放。

"'爸爸啊。'女儿喊了一声。女儿的这句话其实不是话，更像是一股气流，一股混杂了多种情绪的气流——绝望，哀怨，愤怒，凄惶……这股气流在巴黎的寒夜中横冲直撞，把一切胆敢阻挡它的东西击打得粉碎。他在马路边上蹲了下来，捂住了耳朵，他觉得他已经被砸得粉身碎骨。他怕是熬不过这个夜晚了。"

袁导又掏出了一根烟，塞进嘴里。打火机没气了，他打了几次也打不着火。沁园拿出自己的，替他点着了烟。

"其实，你这个故事还没有讲完。"沁园像哥们儿那样拍了拍他的肩膀，"后来那个导游成为全欧洲知名的华人导游，只要是他带团，全车就不会有一个空位子。许多人为了等他的团，不惜错过一个季节。"

"那他为什么不回国呢？他不是原本就不愿意出国的吗？"小郭的女友问。

袁导沉默了，五官静止不动，喉结却微微地抖了几抖，仿佛在忍受一次艰难的审讯。回答是半晌之后来的，只有两个字：

"女儿。"

有人嘤嘤地哭了起来——是那个红衫女子。红衫女子哭得非常突然，像一场没有风云雷电预示引领的暴雨。众人看惯了她的泼辣，没想到她一哭，就把自己哭成了一个单薄女子的样子。大家有些不知所措，只好听任她窸窸窣窣地把一小包手纸糟践完。

"有一个男孩，七岁的时候死了娘，十四岁的时候死了爹。"红衫女子抽抽噎噎地说。

"不是不讲别人的故……"小郭刚说了半句，就被他女朋友踩了一脚，便把后半截话缩了回去。

"男孩是老大，底下有三个弟妹。他爹一死，他就成了家里的顶梁柱。他爹是机电厂的工人，工伤事故死的，厂里就发给他家每月十五块钱的抚恤金。十五块钱养四口人，男孩得把每一分钱掰成好几瓣花。他停了学，每天去煤场拉煤渣卖，到菜市场捡臭鱼、烂菜叶回来煮给弟妹吃。他只有一条裤子，脏得非洗不可的时候，他就坐在被子里等到风把裤子吹干才下地。

"他隔壁住着一家人，是他爹那个厂子里的同事，见他家可怜，就常常接济他。那家有个女儿，读书是个笨脑子，手却是巧，能绣花。孩子的肚兜帽子，女人的手绢鞋面，她都能绣。绣了就卖给左邻右舍，卖回几个小钱，也不往家里拿，都偷偷塞给他。她学校里读的书，也带给他看。她比他大两岁，她的作业，他都能帮她改错。她心里暗暗替他可惜：她是个猪脑子，倒有书读。他脑子油光水灵，却读不起书。

"初中毕业，她就顶替她妈进了工厂做收发员。拿了工资，她给家里一半；另外一半，她跟家里说是自己留着零花。其实，都给了他。下班回家，她还绣花，吃了晚饭就绣，一直绣到深夜，绣得眼睛酸麻直流眼泪。绣品卖掉的钱，她还是给了他。她也不知道她为什么要这么做，她只是喜欢他，喜欢他的机灵，喜欢他的忠厚，她见不得他被穷日子逼到角落的样子。

"就这样过了几年，世道变了，日子开始过得热闹起来。他成年了，顶了他爹的职，在厂里挣三十二元的工资。可是他不甘心。有一天，他约她出去到城外的小树林见面。他从来没有约她出去过，她心里七上八下慌得不知如何是好。那天她洗了身子，换了衣服，光光鲜鲜地去了。他见了她，什么也没说，就扑通一声跪了下来，把她吓了一大跳。

"'姐，我求你一件事，你答应了我才起来。'他这些年一直管她叫姐。她扯他起来，怎么也扯不动，倒把自己也扯得摔了一跤。她就只好答应了他。

"'姐，听说南方挣钱容易，人去了就没有空手回来的。我想去闯一闯，总不能一辈子过这种 JB 日子。'他说了一句粗话，她没觉得粗，只觉得他像个男人了。'家里就交给你了。现在，你是他们的姐；等我回来，你就是他们的嫂。'

"她被他一句话说得哭了。她明白过来，其实她这些年一直就在等这样一句话，只是她没想到，这句话是以这样的方式说出来的。她眼泪汪汪地看着他，说：'我怎么信你呢？都说那边开放，你到时候还不知道会带个什么人回来呢。'

"他霍地站了起来，从裤兜里掏出一样东西，还没容她看清楚，他已经在手背上拉了一下——原来是一把刀。血像蚯蚓一样在他的手背上爬出来，然后一滴一滴地落到地上。她吓坏了，连忙从兜里拿出一条崭新的手绢，替他包伤。哪里包得住啊？血很快就把手绢渗透了。她只好脱下身上的外套，用袖子在伤口上打了厚厚一个结子，才算止住了。

　　"'姐，这就是记号。我要是对不起你，你就指着这个记号骂我。'

　　"那天他就在那片小树林里干了她。他没做过这种事，她也没有。他对女人的所有了解，都是拉煤渣听矿工闲聊时捡来的二手货。而她，连二手货也没捡过。他弄得她很疼，可是那疼里边却有快活。她舍不下那样的快活。她知道她是他的人了。卖血讨饭，她也要把他的弟妹都养大。

　　"后来他就真的去了南方。偶尔写信回来，只问弟妹的情况，很少说自己的事。隔几个月寄一回钱，也是小数目。她不知道他在那边混得怎么样。一直到第三年过年的时候，他突然回来了。他是开着一辆小轿车回来的。他没回自己的家，先进了她的家。他进门就给她跪下了——这是他这辈子第二次给她下跪。'姐，我有钱娶你了。'他说。

　　"过完年他们就去民政局领了证。一个月后他就带着她去了南方。到了南方她才知道，他已经把家业做得那么大。当然，那只是她的眼界。在他看来，一切还在起步。'刚刚开始啊'，是他最爱说的一句话，即使是当他的资产大得她已经数不过来位数的时候。

　　"很快，她就生了一个女儿。他对她对女儿都很好。他不仅对她们好，他把她家里的每一个人，都伺候得很是妥帖。老丈人，老丈母娘，小姨子，大舅子，所有的人谈起他来，脸上都有光。他给她买一切贵重的物品，她缺的东西，她还没开口，他就已经添上了。她省惯了，刚开始时，她很不习惯他这样糟践钱。后来，她就知道了好货和次货的区别，她就再也回不去了。

　　"他的钱雪球似的越滚越大，他在家的时候也越来越少。'应酬。'他说。她知道成功的男人免不了各样的应酬，可是她还是宁愿他多待在家里陪陪她和女儿。'刚刚开始，一切还刚刚开始呢，有多少事要做啊。'他总是这样说。有一回，她帮他洗衣服，偶然看见他手机里奇奇怪怪的短信息。再后来，这样的短信息开始发到了她的手机上——是叫她让位的。她质问他，他就笑，说：'我这个身家的男人要是没几个女人盯着，就太不正常了。放心吧，我总是对得起你的。'她就信了他——这么些年，他说什么她都信。她只是学会了疯狂地玩麻将，疯狂地购物，疯狂地做健身、做美容，疯狂地做一切贵妇人们都做的事，来充填他不在家的那些空虚。

　　"他们都渐渐地老了。她看不见自己的变化，却看见他的肚子渐渐鼓起来，头发也渐渐稀少。有时他睡在她边上，会呆呆地看着天花板发怔。'怎么就过去了呢?'他说。她知道他说的是年轻的日子。'这份家业,就是没个儿子。'他叹气。她生女儿的时候,是难产,动过手术,再也不能生育了。'这个年代,女儿也一样的。'她安慰他。'怎么能一样呢?'他说。

"后来有一天,他很早就回了家。她很惊讶,因为他很少这么早下班。他说他要送她一样东西,是一个意外的惊喜。她说家里什么都不缺,哪样东西也不再是惊喜了。他呵呵地笑,说这件一定是。他从公文包里掏出两个蓝色的信封,说:'这是两张旅游票,我和你,去欧洲的,给你做寿。'她这才想起,很快就是她的生日了。她都忘了,他却记得。她其实出过很多趟国,都是他替她订的票。他让她去香港,去'新马泰',去夏威夷,去巴黎伦敦迪拜,去一切美景和购物天堂。但是没有一次,是他和她一起去的。那天她很感动。她觉得无论世道怎么变换,无论他的钱滚成怎么大的一个雪球,他还是那个多年前管她叫姐,为了让她信他不惜在自己身上动刀的小男孩。那晚他们睡在一起,做了那件事——他们已经很久不做那件事了。

"临出发的前两天,他突然中午回家——他从不在中午回家。他喝了很多酒,脚步有些颤悠。他虽然常在外边应酬,但他从不在白天工作时间喝酒——他是一位敬业的好老板，他得给员工做榜样。他不说话，只是一根接一根地抽烟。他甚至懒得拿烟灰缸，直接把烟蒂扔在了他向来很在意的楠木地板上。她问他到底出了什么事，他哭了。他说他不能和她一起去欧洲了，她不肯。她怀了孕，医生说是个男胎。他要是和她去了欧洲，她就要去做掉他。她说到做到。

"她傻了，一时没听明白这么多个他她它到底是什么东西。过了一会儿，她才渐渐明白过来。咚的一声，太阳从天上掉了下来，把地砸了天大的一个坑。她孤零零地掉在了坑底。她伸出手来，没有人接她，一个人也没有。包括他。

"她看见他扑通一声跪了下来——这是他一辈子里第三次给她下跪。'姐'，他叫了她一声。他多少年没这样叫过她了。'咱们离了吧。你永远是我姐，我会像养我亲姐一样地养你……'"

红衫女子的话再次被哭泣打断。那天红衫女子就像一头撒了盐的水母，浑身的每一个毛孔都在渗流着泪水。世上再厚再多的手绢，也擦不干这样的眼泪。

"不过，那还不是那个女人最倒霉的夜晚。今天才是。因为今天，是她四十五岁的生日。"红衫女子说。

听完这个故事，一屋的人都无话。窸窸窣窣，有人在找手纸，鼻息声开始滞重。没有人能给这样的黑暗找到出口。没人敢试。

"我也来讲一个故事吧。"半晌，才有人开口——是徐老师，"这个故事，你听了，说不定心里就好受一些了。"

嗬嗬，嗬，嗬。

徐老师狠狠地清了几下喉咙，仿佛那里卡着一根陈年的鱼骨。

"五十多年前，有一对二十多岁的青年男女，从苏联留学归来。"她终于清出了鱼骨，可是嗓音里依旧有着鱼骨留下的刮痕。

"他们都是学建筑的，只不过分科不同而已。她学的是结构工程，正好符合她严谨认真的个性。他学的是建筑学，和他身上热情浪漫的艺术家气质相吻合。他高大英俊，她瘦小柔弱。他俩无论在长相上还是性格上都是一条线上彼此隔得最远的两个极点，可是他们偏偏相爱了，而且爱得热烈深沉。

"他们在苏联留学四年，不仅学了专业知识，也学会了莫斯科的生活方式。比如她爱烫头发穿布拉吉，他爱喝咖啡和威士忌。他们都酷爱俄罗斯文学，当然也包括苏联现当代文学。从莫斯科回国的火车上，他忍不住高声朗读马雅可夫斯基的阶梯诗：

> 新年好，
>
> 我的祖国，
>
> 人类的春天。
>
> 从浅蓝色的日子里，
>
> 高高站起！

"一整节车厢的旅客，都站起来听他朗诵，大家热烈鼓掌——是把手掌都拍红了的那种鼓法。他不是显摆，他只是忍不住，他和她心里都藏着一团火啊。那天不是新年，可是对他们来说，每一天似乎都是新年。每一天，都孕育着一个暖暖的，亮亮的，让人只想快点起床去奔去跑的新希望。那就是他们，还有那趟列车上所有的人，对他们祖国的感觉啊。

"回国后，她被分配到一所大学教书，他被分配到一家设计院当建筑师。他们很快结了婚，有了一个可爱的女儿。

"刚回国那一阵子，他们的生活中还保留了很多留苏的痕迹。比如他们的日常对话里，时常夹杂着俄语的词句；他们办公桌上，摆的不是茶叶罐子而是咖啡杯；周末他们时常去参加苏联专家的舞会和社交酒会；节假日他们会带着孩子去莫斯科餐厅吃一顿昂贵却还算地道的俄国大餐。但是他们很快发现，局势在发生变化。报刊上开始出现反苏的文章，而且言辞越来越严厉。苏联专家在分批撤退。再后来，她执教的大学里不再使用苏联教材；他工作的设计院，也废弃了苏联专家设计了一半的图纸。他们对这种突变感觉疑惑。她沉默了。她忍得住，而他不行——不让他说话很难。

"他常在公开场合里质问报刊文章的合理性。'同一份报纸，同一位评论员，怎么几个月的时间里说的就是完全不同的两套话语？''科学技术没有国界、阶级区分，谁掌握了就能为谁服务。''就算是赫鲁晓夫背叛了列宁和斯大林，他并不拥有普希金和马雅可夫斯基。他甚至不拥有布拉吉和威士忌。何必说起苏联就谈虎色变？'

"他当然不知道，他的这些话早被一双双眼睛，一副副耳朵牢牢地记录下来，成为后来一场轰轰烈烈的运动中，他自己的致命杀伤武器——他一直天真得像个孩子。

"那场运动是几年之后到来的。他毫无预感。她比他政治上稍微敏感一些，她给他下了严厉的钳口令，不许他乱说话——却已经晚了。有一天早上，他跟往常一样夹着公文包出门上班，晚上却没有回家。那天早上他走得非常匆忙——

那阵子单位里天天开会。他连早饭也没有吃完，桌子上的碟子里放着一片他咬了一半的面包，面包沿上还留着一个隐隐的齿印。这就是他留给她的最后记忆。就是这片面包，改变了她后来的饮食习惯。她后来不爱吃米饭，只爱吃面包——她每次吃面包时，仿佛就会感觉到他的牙齿和她的牙齿在躲避着杂乱的人眼私密地约会——这是这些年来她和他隔着生死天河的唯一相遇方式。

"她把女儿安置下来，就出门去找他，半路上她被一群人拦截了下来。就这样他和她被各自的单位关押了起来——彼此不知下落。她单位的人没有打她，甚至也没有在公开的场合批斗她。他们只是不让她睡觉。她被关在一个七八平方米的小房间里，三盏一百瓦的电灯，正正地照在她的脸上。审讯她的人换了一拨又一拨，她被一次又一次地从半昏睡的状态里叫醒。

"他们的问题都是关于他的——他们对她并无多大兴趣。第一天她没说一句话。第二天也没有。第三天她说他其实就是有点小资产阶级情趣，是小毛病。她的嘴开了这样一个小口，她的嘴就挣脱了她脑子的羁绊。轰的一声，她的脑子散了架，和她的嘴分了家。她的脑子无可奈何地看着她的嘴自行其是，渐行渐远。后来，她隐隐记得有人拿了一张纸，让她签字。她想看那张纸上写的是什么，可是她的脑子和她的眼睛也分了家，她看不清了。她恍恍惚惚地签了字，就咚的一声陷入了万劫不复的黑暗——她睡了整整一天一夜。

"一个月后，她被放回了家，却没看见女儿。她发疯似的满城乱找，后来有个邻居悄悄告诉她：他和她被关押之后，他们的女儿就成了流浪儿，挨门挨户讨饭吃，还在垃圾箱里捡剩菜。幸亏有一个好心人通知了他在安徽乡下的老母亲，才把女孩领走了。女儿后来一直在奶奶身边长大，直到考上大学，才回到她身边——却已经和她非常陌生了。

"五个月后，他被判了刑，送到青海的一处劳改农场服刑。定罪的证据，就是她签字的那张纸。她给他服刑的农场写了很多封信，他只回过一封。这一封是写给女儿的，只字未提她的名字。

"后来她就完全失去了他的音信。直到三年之后，一个陌生人敲响了她的门。他从青海来，是她丈夫的农场里一名刑满释放的刑事犯——他们在同一个牢房里住过一年多。他交给她一本毛主席语录，书上的塑料封皮已经泛黄开裂。她一看就知道是丈夫的旧物。封皮的夹套里，掖着一张纸——是解手用的那种黄草纸，上边草草地写了两行字。纸好像泡过了水，字迹肥胖模糊，她看了半天才勉强认出了他的笔迹：

'今天天真冷，洗衣服，水结了冰碴。想起——冬天给我洗衣服。'她知道那个删节号里边藏着的是她的名字，她把那本语录贴在脸上泣不成声。当然，那时她还不知道她更应该哭的是下面的一件事。可是到那时她已经把眼泪流完了。

"那人告诉她，他死了，一年以前就死了，是肝病，肝硬化。和农场里其他的死者一样，他被埋葬在了附近的一片荒林里，没有棺材，只裹了一张他自己睡过的破席子。埋他的是他同一牢房里的两个犯人，其中就有那个来看她的人。那人长了个心眼，在他入土的头顶上方放了两块石头，又在石头中间插了一根棍子作为记号——他活着的时候一直对他好，教他认字，还省下自己的口粮给他吃。他记得他的好。

"她听了默不作声，只是呆呆地坐着，脸颊上的眼泪已经干涸，两只眼睛如两个黑洞，深不见底，毫无动静。后来他听见了一些咝咝的杂音，像是春天草木奋力钻出泥土的声音——原来是她的白发在一丝一缕地生长。就在他眼前，半个小时的时间里，她变成了一个彻头彻尾的老妇人。

"'人已经走了，大姐你想开点。'他开始劝她。她还是默不作声。过了半晌，她突然抓住了他的袖子，紧紧的，蟹钳似的。'你带我，去找他，现在。'她求他。他说你疯了，这个时节，土冻得像铁，挖不动。要挖也得等到开春。

"第二年初夏，他如约来了。她和单位请了一周病假，跟他去了青海。那阵子她的学校正处在两派权力交替的真空状态，没人管她。

"他们到了青海，跟当地的老乡借了铁锹马灯。怕引人注意，他们一直到天黑了才敢去那片荒林。他们用自己带来的烧酒，浇湿了毛巾，又把毛巾垫在口罩里，开始挖掘。她是个城市里长大的女人，虽然参加过单位组织的短暂支农劳动，但其实并不擅长农活。可是那天她却像一只母豹，力大无比，铁锹在她的手掌中发出撕心裂肺的讨饶声。他们很快就挖到了骨殖，只是没想到是两具——大概是两个埋得相近的死人，随着时间的推移，表土开始移动所致。她只看了一眼，就认出了哪一个头颅是他的——她找到了一粒缺损的门牙。那是有一回他去施工现场考察时，不小心撞在钢筋架上磕坏的。

"虽然他走了快两年了，可是他的头颅里，还渗着一股黄水，散发着一股恶臭。她什么也不顾，她只是把它抱在了怀里。她一身的力气在这个时候已经像水一样地流干了，她嗓子开始发痒——是烧酒的味道熏的，可是她连咳嗽的力气也没有。她瘫坐在了一团树桩上。马灯的油渐渐浅了，灯芯瘦成了一颗豆子。林子很黑，生出各样的声响：风从一片叶子爬过另一片叶子的窸窣声，老鸦的羽翼刮过树枝的哗啦声，野物惊窜过灌木丛的扑通声……还有一种声响，近似于孩子让被子蒙住了脸的压抑低哭，时而近时而远，嘤嘤地不绝于耳。

"'冤死的魂，不安生啊。'他告诉她。她在他的声音里听出了他的害怕。可是她一点也不怕。世界上让她最害怕的事情已经发生过了，她现在不过是在收拾那件事情的残局。青海的夏夜还是凉，夜露湿了她的衣衫。她把他的头颅紧紧地搂在怀里，她知道他冷——他已经冷了很久了。

"'那个夜，实在太黑太长了。'带她去找他的那个人后来告诉她。她没觉得。她觉得天一会儿就亮了，还没来得及让她把他偎暖。她想一直搂着他，坐过无数个黑夜，一直坐到天塌地陷，地老天荒。"

"天爷！"小郭的女友捂住了耳朵，"这个故事，太可怕了。"

小郭扯下她的手，揣在自己的手心。

"假如有一天，我也犯了事，你会，替我收尸吗？"小郭问他的女友。

小郭问这话的时候，一点也没笑意，脸色凝重得如同随时可能下雨的天。众人突然想起，小郭不是孩子了。那个女人抱着她丈夫的头颅坐在青海的荒林里等待天明的时候，其实比现在的小郭大不了几岁。

女孩怔住了。即使在她一辈子最荒诞无稽的夜梦里，也没有出现过这样的问题。

"别回答。"徐老师对女孩说，"答了也没用。你生在了好时候，这种考验，不会在你的一生里发生。所以，我们才管这种故事叫历史。"

"可是他们这一代，也有他们的考验，躲是躲不过去的。"一位中年人说。

"后来，那个女人，怎么样了？"沁园问徐老师。

"后来那个女人带着装有她丈夫骨殖的包裹，来到了他丈夫的老家。她和她的婆婆，一起把他埋葬在了他出生的那片土地上。

"再后来，那个女人回到了她的大学，专心教书育人。不过，从那以后，她无论走到哪里，身边都会带上那本他留给她的毛主席语录。那本书叫她心安。她知道他已经原谅了她——就凭那张夹在书套里的黄草纸……"

啪的一声，灯猝然亮了——是电线修好了。一屋的大光亮里，蜡烛成了两粒病恹恹的黄豆。徐老师紧紧搂着那个肩包，怕冷似的缩着背。

"后来，那个女儿呢？"沁园又问。

"你问了太多的问题，只是，你忘了，你还欠我们一个，你的故事。"徐老师说。

一桌的人，都转过脸来看沁园。沁园不语。沁园这会儿已经完全失去了叙述的兴趣。房间的灯太亮了，光亮让人扭捏不安。世界上有许多故事，只适宜在昏暗里诉说，在昏暗中聆听。心只有在昏暗中才敢恣意舒展开放，真相的最佳暴露方式原来并不是光亮。

"我来替你说吧。"袁导插了进来。

"从前，不，这个故事不发生在从前，这个故事就发生在当下。有一个作家，花了多年的心血，写了一本书。书的背景在南美洲，所以她耗费了自己所有的私房钱和私人假期，多次去那里采风蹲点。连一张复印纸，都是从她低微的工资里支出。她熬过了许多个长长的，像黑隧道一样走不到头的夜晚，才终于把这本书写完了。她只感觉放下了一副重担，她并没有指望这本书能得这么多奖，还被拍成了一部轰动世界的大片。于是这位作家意想不到地出了名——尽管人们都是通过电影认识她的，没有几个人真正读过这本书。可是她刚刚出了一点小名，她的身后，就开始聚集了一堆黑云。这堆黑云用从前各样运动里最常用的匿名化名方式，四下攻击她，说她的这本书抄袭了一群她连听也没听说过的作家……"

"不要说了。"沁园制止了袁导，"这个作家如果敢说她经历的是最黑暗的日子，那么她一生里根本没有见识过真正的黑暗。"

徐老师伸出手来，轻轻握住了沁园的手。

"黑暗没有可比性。没有一种黑暗，可以替代另外一种黑暗。只是，什么样的黑暗都可以熬过去——如果你想熬的话。"

"太多，太多的黑暗。"有人打起了哈欠，"散了吧，我敢保证今天夜里人人都会有噩梦。"

众人大笑，都起身朝电梯走去。小郭的女友，走到了红衫女子的身边："其实，我很喜欢吃麦饼。你还有吗，捷克的麦饼？我想尝尝。"

电梯满了，袁导和沁园被关在了外边。

"你，知道我？"沁园问。

"其实，那天在香榭丽舍，你一上车我就认出来了——我看过你的电视采访。"袁导说，"穿了多少层马甲我也认得出你。"

回巴黎的途程很是沉闷。袁导费了很多心思调节气氛，可是空气实在太稠腻，袁导搅不动。旅途到了这一脚，已经积攒了太多的故事。故事太重，不知不觉地，就把人的精气神压蔫了。

"假如有一个人，真心诚意地买了一张机票，邀请你去加拿大，过一个冰天雪地的圣诞节，你会，接受邀请吗？"沁园问徐老师。

徐老师在闭目养神，然而沁园知道她在听。徐老师最常用的一种聆听方式，就是闭目养神。

"Maybe."（也许）半晌，徐老师才睁开了眼睛。过了一会儿，沁园才醒悟过来，徐老师跟她说的是英文。这是这一路，徐老师和她说的唯一一句英文。这句英文用在这里一点也不显摆，反而是一种恰如其分的妥帖，给拒绝穿上了一件不伤情面的幽默外套。

沁园拿出了手机，打开电源。16 个未接电话，13 条短信息。有 8 条是老刘发来的。老刘的短信息是一模一样的话，只是发在不同的时间段。

"我们相爱。我们相守。等你回家。"

这是老刘一辈子跟她说过的最肉麻的一句话。老刘是绝对不会面对面地对她说出这句话的。如果他真说了，他和她都会窘得无地自容。

儿子也发了一条信息："今天我和爸爸把花园的落叶都扫干净了。现在爸爸做饭，我洗碗。你回来也是我洗。"

这是儿子很久以来跟她说过的最长的一句话。她知道，他也不会当着她的面说出这句话的。

还有一条信息来自同事薛东北："沁园你不过是被疯狗咬了一口，怎么连人也不认了？"

最后一条是老板发的。老板的信息最短，只有四个字："救救报纸"。然而四个字之后，却跟了十一个惊叹号。

沁园忍不住笑了。

沁园用最快的速度，给老刘发了一封回信。回信只有两个字：

"同意"。

下车的时候，沁园看见红衫女子递给袁导一个厚厚的信封。她知道这不是例行的小费——例行的小费今天上车的时候就已经收过了。

"这是你和皮尔·卡丹大叔的，一人一半，别打起来，打也没人劝！"红衫女子嚷道。

沁园留在了最后。她在等袁导。

终于，她看见袁导给每一个旅客和每一件行李，都找着了去处。

　　她朝他走过去，递给他一根烟。他俩靠在街边一棵巨大的梧桐树身上，抽着他们萍水相逢的旅途上的最后一根烟。迷茫的烟雾中，香榭丽舍大街的车水马龙，开始扭曲变形，变成一条灰色的链子，长长地，远远地，向不可知的地方延伸。

　　"想知道我下部小说的题目吗？"她问。

　　"做梦都想。"他说。

　　"《生命中最黑暗的夜晚》。"

　　两人哈哈大笑，就在巴黎的暮色里。梧桐叶子窸窣，夜风起来了，他们即将行走在回家的路上。

　　　　　　初稿　　2011.02.17—2011.03.21

　　　　　　二稿　　2011.03.24—2011.03.30

　　　　　　　　　于温州南站蜗居

恋曲三重奏

1

"名字？"

"章亚龙。"

"年纪？"

"三十七。"

"哪里来的？"

"福建。"

"来多久了？"

"两年半。"

"做什么工作？"

"衣厂打包。"

"有移民纸吗？"

……

王晓楠捧着一杯新煮的咖啡靠窗站着，把背脊丢给那个男人。咖啡很烫，她并不喝，只是为了暖手。她的问话很短，男人的回答更短。男人的回答使她想起一管将要用尽的牙膏，虽然还有些内容，却要狠命地挤。天色有些晚了，可是她没有开灯。从客厅的那两扇玻璃大窗直直地望出去，便是那个十分有名的安大略湖。在晴朗的日子里，水色本来就很亮。太阳坠进湖面之前，总要在那里迸出一些耀眼的猩红来，就映得屋里越发回光返照似的明亮起来。

当初她和许韶峰就是为了这片水色才决定买下这幢房子的。在多伦多这样多少有些历史气味的城市里，漂亮的房子是随时可以找见的，然而有这样的湖光水色作为背景的漂亮房子，就不是那么容易得到的——所以他们很是花了些钱。

"问你呢，有移民身份吗？"

……

那个叫章亚龙的男人对这个问题始终保持缄默。男人似乎比他自己说的那个年纪要小一些，是典型的亚热带地区长相。皮肤黝黑，颧骨有些高。但男人的身量却不像是那个地方的人。男人个子不算矮，甚至有些壮。男人的五官肤色和身架其实很容易把他组合成一个粗俗的形象，可是男人看上去一点儿也不粗俗。也许是唇上那一团梳理得很整齐的胡须，也许是鼻梁上的那副金丝边眼镜，也许是身上那件带着一团一团云雾般花纹的青灰色薄毛衣。总之，男人坐在那里说不说话都是一副斯斯文文的样子。这样的男人若行走在校园区里，一定会很容易被当成一个教书先生。一个写了许多书、做了许多学问却不善言辞的教书先生。这样的男人若平时走在街上，王晓楠大概也会多看一眼，甚至会设法制造一些谈话借口。

可是今天她不会。

因为今天他只是一个揣着她登在报纸上的广告前来应征的打包工人。

王晓楠到加拿大虽然才六个月，但她并不是个土包子。对外边世界的了解，她不比那些出国好些年却仍然在埋头打工的人少。从她和许韶峰决定移民的那一刻起，她就努力寻找机会，去学习在那个叫加拿大的国家里生活所需要知道的一切琐碎。她懂得在多伦多这样的文明都市里，有的问题不管在任何场合都可以问，有的问题则在任何场合都不可以问。还有的问题在一些场合问起来是调剂气氛的幽默插曲，在另一些场合问起来就是没有教养的粗鲁行为。可是今天她把该问的，不该问的，有时该问有时不该问的都通通问了。

因为她不在乎那个叫章亚龙的男人怎样看自己。她有一手好牌，好得让人实在无法拒绝——在玫瑰谷这样的高级住宅区里白住，又是在这样一幢倚山临水的好房子里。这样的机会，不是每天都有的。当然，严格来说也不完全是白住，夏天里他要帮她打理前后两块草坪，冬天里他要替她铲除行人道上的积雪，周末他得开车带她出去购物。不过这样的付出与那样的回报相比，简直是不值一提的细节。尤其是对章亚龙这类男人来说。

在他们的谈话刚浅浅地碰破一层表皮时，她就已经猜到他是没有合法居留身份的"黑人"。他的那个家乡，这边报纸上倒是常常见到名字的，无非是一些和海呀船呀有关的事。她多次听到过关于他们的故事，大致知道他们这些人的路数。无论是陆路还是海路，他们的旅途一定是遥远曲折冗长，充满惊险插曲的。不管是什么，他们要在这里留下来的理由听起来一定能感动移民官也感动他们自己的。这些人身后欠着几十万块钱的债，前面又没有什么发财的路子，于是只好一分一厘地抠着省着。她由此断定章亚龙绝对不会放过这个付出小劳动贪得大便宜的机会，不管她会问他什么样的问题——尊严是西装外套，生存是贴身内裤。再体面的外套，也是可以随时脱下的。而再破烂的内裤，也是不得不牢牢守护的。她不相信他会为了外套而脱下内裤。

她不害怕和这样的人同住。这样的人已经断了退路，这样的人只能鼎力向前。这样的人只能像软壳螺似的紧紧吸附在移民这个希望上。这样的人日夜生活在移民官无限宽广的视野里。这样的人胆小怕事，规矩行事。这样的人容易使唤。当她和许韶峰在长途电话上商量人选的事情时，他们不约而同地想到了这类人身上。

只是可惜了这副英俊的皮囊。

王晓楠忍不住叹了一口气，似乎要让他听见她对他的惋惜。

"你明天早上等我电话吧——我还有几个人见。"

其实当时她就已经做了决定，然而她并不想在那一刻里宣布她的决定。她知道每天在多伦多的大街上都行走着许多像章亚龙那样怀揣着一纸希望的人，可是她也知道多伦多每天的报纸上也有很多给人希望的小广告。说不定此刻章亚龙的口袋里，就有三五张诸如此类的从报纸上撕下来的小纸片。她不能把希望太快太便宜地丢掷给他，可她也不能把他推到绝望的死胡同里去。于是她想出了这样一句能将他稳妥地放置在希望和绝望之间的安全地带的话来。

他不置可否地笑笑，起身去穿鞋子。他那天穿的是一双运动鞋，很旧了，带着路上的热气，却依然很白。他系好鞋带，抬头看见了门厅里的一张风景画，就停在那里看了一会儿，然后转身问她：

"王姐，这画贵吗？"

他的这个称谓使她吃了一惊——从来没有人这样叫过她。她在广告上留的是一个"王"字，他完全可以像别人那样称呼她王太太、王女士。如果肉麻一些的话，甚至可以叫她王小姐。所有这些称呼都显示着带有敬意的距离。可是这个男人却单刀直入地割弃了他和她之间的客套和距离。她一时不知如何应对这样突然而来让她毫无准备的熟稔。她愣了一愣，才说："这是挺有名的一张画，七人画派的。三千加元。"

男人摇摇头，指了指画框下角的一行小铅笔字，说："这是复制品，只不过是限量的复制品。总共复制了一百张，这张是第八十六张。这样的复制品，最多值五六百块钱。"

男人并没有等待她的回答，就关门走了。男人关门的声音很轻，身子风一样地走进了满街的暮色里。她站在窗口看着男人的背影渐渐地消融在混混沌沌说不出颜色的街景里，心想这背井离乡的半年里，自己大概又老了一些了。

2

那个叫章亚龙的男人是在三天以后搬进王晓楠的住处的。

没多久，王晓楠就发现章亚龙不仅在关门这件事上手脚很轻，几乎在所有应该发出声音的地方手脚都很轻。进门的时候他像一片秋叶似的闪进来，出门的时候他像一股清烟那样飘出去。她的浴室和他的隔了一层楼，她几乎从来没有听见过他用水的声音。可是当他在厨房里和她照面的时候，他的衣容一直是洁净的。他进门的时候通常是很黑的夜，出门的时候是不太亮的晨。

当然，这样的信息是她根据那辆泊在她车库里的满脸沧桑的黑色丰田车推算出来的。有时她的推算也会发生误差。比方说有一天夜里她一直没有听见他开车进来，可是到了早上起床的时候，她从窗口望出去，门前草地上的落叶已经被打扫干净了。叶子装了满满九个特大号透明塑料袋。那九个塑料口袋围着院子斜角那棵粗大的橡树排成一个圆圈，中间的那个口袋上摆着一个硕大无比的南瓜。南瓜也不是寻常的南瓜，瓤子早掏空了，剩下一副火红的皮囊，用刀雕出些鼻嘴眉眼的，顶上又安了两穗长须玉米，在风里飞飞扬扬的。远远一看，竟很像是一个体形健硕、梳了两根冲天大辫的红脸村姑。她知道这是摆了给她看的，便忍不住笑了一笑：这个章亚龙，倒是有点意思的。

后来秋就渐渐深了，他被她指使来劈柴。柴是入秋的时候她从商店里买的，等冬天到了好烧壁炉用。柴买过来的时候是大块大块的，他替她劈成一小块一小块，挨着墙根码好，再用绳子捆成一扎一扎的。他劈柴的时候就一点儿也不斯文了。他把毛衣脱了，剩了里头一件蓝色的背心，背心上印着几个脱了漆的大字：长乐工体男篮。男人抡动长柄斧头的样子很凶，像是和柴结下了世代冤仇。她提心吊胆地看着他，觉得那斧头随时会脱离斧柄飞落到花园的任何一个角落。他舞动胳膊的时候嘴也没有停过，"噗噗"地发出一种类似引擎起动时的汽声，肌肉老鼠似的沿着膀臂上蹿下跳着。

他使她想起了许韶峰。其实许韶峰也是有过这样的肌肉的。他曾经捏着拳头弯着手臂让她来拧他胳膊上的肉。他的胳膊硬得像铁，她拧来拧去拧酸了手指头也拧不起一块赘肉。当然那是他当兵的时候。后来他就不当兵了。许韶峰不当兵的时候比当兵的时候更忙，但都是脑子上的忙，身子上反倒是懒怠了。懒怠了的身子自然就生出些懒怠的肉来。

男人劈着柴，背上的衣服渐渐地湿了两大团，只剩了中间一条缝是干的。男人看上去像是背了两扇肺叶。王晓楠去屋里拿了两听可乐，一听给自己，一听丢给男人。"坐会儿吧，那柴，够烧就行了。"男人"噗"的一声拉开了铁罐，仰了脸咕咚咕咚地喝，水就流了一脖子。喝完了，拿手臂抹了抹脖子，果真在她身边坐了下来。男人坐下了，才看明白原来是坐在吊椅上的，就是那种钉在铁架子上的没有腿的，人一坐上去就吱扭吱扭晃动的椅子。这种椅子，他在好莱坞老电影里看过好多次，都是富贵人家的小姐在花园里与情人秘密幽会时用的。如此一想，便有些不自在起来，就将身子扭来扭去，想离她远些。谁知那吊椅就越发秋千似的摇晃了起来。幸好男人腿长，就拿脚拄了地，方稳了下来。

"你也打球？"她指指他背心上的字，问他。他咧嘴一笑，露出两排微微发黄的牙齿，算是回答。她说："我打过排球。"她说这话的时候，嘴角略略向上一挑，挑出一个半是真实半是梦幻的微笑。

那是一个年代有些久远的故事，那时她是一个大学校队的副攻手。她的球打得不错，当然再好也只是一个普通校队的水平。只是她打球的那个年代并不是普通的年代。在那个年代里任何关于女子排球的小小故事都能引起几亿人热泪盈眶的回响。后来校园里的年轻人开始用国家队里一个长得格外秀气的副攻手的名字来称呼她。有一天，她参加华东六省市高校排球联赛回来，突然看见张敏在宿舍门外等她。张敏说我去看过你的球了。她没有想到他竟跟去了她的赛场——在这之前他们虽然做了大半年的同学，他却没有和她认真地、有意义地说过话。当然他也没有认真地、有意义地和班里的任何一个女同学说过话。那一刻她被太多的意外击中，瞬间失去了对答的本领，只知道拼命地点头。他俩在半明不暗的过道里站了一会儿，谁也没有看谁。后来他低低地，几乎有些口吃地对她说："我看见了一个精灵，一个跳出了形体和语言拘束的精灵。"这是那个年代里一个中文系一年级学生在朦胧的恋爱情绪中所能想得出来的最离奇的言辞了。后来回想起来，就是这句话揭开了那段为期三年多的风雨恋曲的序幕。

章亚龙知道王晓楠关于排球的话题只是她进入怀旧情绪的一个极为方便的引子，对于这样的引子无论他说什么都是无关紧要的。于是就心不在焉地说了一句："打排球你那身量……"却又不说了。她不知道他想说她长得太高了还是太矮了——她的身量正是在这两种说法都适宜的那个范围。

这时候她兜里的手机就惊天动地地响了起来。

是许韶峰。

"豆芽问你过年回不回来。"

"再问就说你妈让你爸给扔在荒郊野地里等死，正盼着你来救呢。"

"你看看，又来了。你的那个房客，还好吗？"

"好又怎么样？不好又怎么样？你还能星夜赶回来管我

不成？"

　　说这话的时候王晓楠转过头来看了章亚龙一眼，这才发现章亚龙早已回屋去了。院子里突然安静了下来，长柄斧蛇一样地蜿蜒在草地上喘息着，新劈的木柴在初起的暮色里小心翼翼地吐出一丝森林的芬香。

3

　　张敏不是个毛头小伙。

　　张敏入学时就是一个插过六年队教过两年书的知青。张敏比王晓楠大八岁。

　　张敏早就有了女朋友。张敏的女朋友叫秦海鸥。张敏同秦海鸥认识已经有很多年了。两人都是南京人，小学中学一路是同学。后来又一起到淮北农村插队，一起考大学。张敏考进了上海的学校，秦海鸥考进了苏州的学校。一个学文，一个学医药。苏州离上海不远，每逢节假日，秦海鸥也不回家，却坐了火车到上海来看张敏。秦海鸥一来，全班都知道了，因为张敏总是带着秦海鸥到教室来做功课。两人一前一后地坐着，你看你的书，我看我的书。有时秦海鸥就掏出一个小手巾包，悄悄地放到张敏跟前——里头通常是剥好皮的瓜子和花生。待到教室熄了灯关了门，张敏就把秦海鸥送到女生宿舍挤一晚，然后再自己回到男生宿舍。宿舍里有几个结过婚的老大哥，忍不住取笑张敏，说你小子怎么总不给我们一个肃静回避的机会呢？张敏笑笑，却不说话。张敏是个不善言辞的人，和男的和女的在一起都这样。他的缄默使他所说的每一句话，都如压缩食品似的存放在王晓楠的记忆空间中，在后来的日子里被岁月泡涨开来，放大夸张了许多倍地充填着她的感情断层。

有一回，张敏带秦海鸥去学校礼堂看新拍的电影《小花》，刚好坐在王晓楠的前排。王晓楠进去的时候电影马上就要开演了。张敏偶然一回头发现了手执票根挤过人群找位子的王晓楠。他们只来得及点了点头，灯光就暗了下来。后来正片进入一个用当今人的眼光来看过于煽情的情节，那个年轻美丽的村姑妹妹，在催人泪下的音乐声中抬着失散多年的伤员哥哥，跪行在崎岖的山路上，膝盖上的鲜血与崖上的杜鹃花相映生辉。王晓楠发觉秦海鸥的身子渐渐地向着张敏移动。张敏的身子也移了一移，却不是向着秦海鸥的方向。尽管后来秦海鸥的头终于还是越过他们之间的距离，轻轻地靠在了张敏的肩膀上，可是就是张敏那微微的一闪，突然间给了王晓楠一线希望。

那天晚上张敏又把秦海鸥送到女生宿舍借宿。刚巧那天宿舍里的两个本地女生都没有回家过夜，铺位都占满了。王晓楠说要不你就跟我挤吧，两个人便睡在了一张单人床上。看上去有些瘦弱的秦海鸥在脱去衣服之后其实是个还算丰满的女人，没有了乳罩限制的胸脯饱涨地充盈在洗得稀薄了的旧背心里，胳膊和大腿在朦胧的月色里闪着结实的紫蔷薇似的亮光。这种肤色在十几年以后成了必须花钱购买的时髦，而在当时却仅仅代表着常年的劳作。两个人都侧着身子背对背地躺着，尽量避免着可能发生的身体碰触，可是王晓楠还是闻到空气中隐隐的蒜味。她听见秦海鸥的呼吸渐渐低沉了下来，以为她睡着了，才敢微微地翻了个身，没想到秦海鸥却突然轻轻地对她说：

"听说你的球打得好极了。"

她吃了一大惊，她没有想到张敏竟和秦海鸥说起过自己。黑暗中她的脸涨得通红。

"张敏还说过我什么呢？"

"说你的行李最多。"

王晓楠想起了新生报到那天第一次见到张敏的情形。她在学校门口找到了中文系的接待站。一个穿着蓝色工作服、胡子拉碴的男人接过她的箱子，就带着她去女生宿舍。她以为他是校工，也没多问就跟着他走了。他很高也很结实，轻飘飘地提着她的两只大箱子、一个旅行包，仿佛只是拎了几只半空的菜篮子。她很快就被他甩在身后，他走出了很远才停下来等她。他帮她把行李卸在上铺，并带她去买了饭菜票，灌了热水瓶，却一直没有和她搭话。到了晚上系里开迎新会，她突然发现他坐在她对面，方知道他是她的同班同学。他刮了胡子，换下工作服，穿了一件白底带细隐格的的确良衬衫，就变了一个人。衬衫很新，还带着折痕，夹着塑料片的领子硬硬地卡着他的脖子。他很适合穿那样洁白的衬衫，白色使他显得深沉而具有书卷气。她忍不住多看了他几眼。后来辅导员让新生们一一站起来作自我介绍。他的经历太复杂了，复杂得无法用几句话来概括。而她的经历太简单了，简单得无法用太多的语言来叙述。于是那晚他和她的发言都是最简短的。

想起那个时候的自己，王晓楠不禁抿嘴笑了——这一年里她毕竟长大了很多，在身体上，也在别的事情上。这样的变化，秦海鸥是不知道，也不需要知道的。

后来秦海鸥就睡着了，可是王晓楠却一直醒着——她在翻来覆去地想着秦海鸥的话，猜测着张敏对秦海鸥说这些话时的场合和表情。不知为什么，她认定自己是张敏向秦海鸥叙述大学生活片断时出现的唯一一个女同学。在这样的思绪中，平时她和张敏之间极为偶然的一个笑容、一句交谈，便突然有了新的意义。后来她听见黑暗中有一些细碎的嘎嘎声，好像是老鼠在啮咬家具，又好像是板壁被风吹动。过了一会儿她才醒悟过来，原来是秦海鸥在磨牙。

秦海鸥磨了一夜的牙。

王晓楠一夜都没有睡踏实。

第二天早上的第一堂课是古汉语，教授选析的是李白的《长干行》。教授是个白发苍苍的老人，据说娶的是他的远房表妹，所以那堂课上得声情并茂。从"妾发初覆额，折花门前剧"，说到"郎骑竹马来，绕床弄青梅"，一路尽情渲染着青梅竹马的朦胧诗境。在教授抑扬顿挫的解说里，课堂上的青年男女渐渐地都被浸润在一片潮起的感动里。王晓楠睡眼蒙眬地忍耐了一会儿，终于没能忍住，突然站起来打断了教授：

"青梅竹马只能造就兄妹之情，不能造就爱情。爱情是异体之间的新鲜碰撞，不是从故知里产生出来的。李白他不懂。"

教授愣了一愣，继而哈哈大笑起来："李白不懂，你懂，是不是？到底是童言无忌啊。"

全班都随着教授笑了。只有张敏没有笑。张敏抬头看了她一眼，她没有回头就知道了他在看她，因为她感觉到她的背上很热。

4

章亚龙是个无可挑剔的房客。

章亚龙认真地打理着王晓楠家的草地和花园，让该红的地方很红，该绿的地方很绿。后来秋天过完了，天大冷了起来，隔一两天就要落一场雪。章亚龙便仔细地扫除着王晓楠门前便道上的积雪，撒盐化冰。在王晓楠需要的时候，章亚龙就开车带她去商场购物。章亚龙带王晓楠去购物，却又不和王晓楠一起购物。通常他把她放在商场里一个方便的入口，说好一个时间再回来接她。有时她准时完事，有时她会略微拖延。他把她接到车里，至多也就抬腕看看手表——这就是他对她的一种婉转责备。当然，这些事情都是他在周末或两份工作之外的时间里见缝插针地完成的。

总而言之，章亚龙对于他和王晓楠之间的"君子协定"，一直是恰如其分地遵守着。恰如其分的意思，就是一点儿也不多，一点儿也不少。章亚龙有两份工作的事，其实是王晓楠根据章亚龙在家时间的长短而推算出来的——章亚龙有一次说过，衣厂的活不够，老板又不想裁了熟手，只好减了大家的工时，一天一人只能摊到五个小时。关于章亚龙剩下的时间里所从事的第二职业，尽管他自己从来三缄其口，王晓楠却有许多丰富的联想。有时这些联想会绕着章亚龙的长相和身材十分复杂地生长蔓延开来。王晓楠也知道自己想歪了，却任由自己歪着去想，反正无论是正还是歪，章亚龙都是不需要知道的。

在多伦多安定下来之后，王晓楠就去附近的社区中心报名参加了一个英文补习班。班级里都是些和她一样的新移民，远的来自东欧，近的来自墨西哥，也有几个从中国来的同胞，英文程度并不比她强多少。

上了一阵子课，王晓楠的胆子就渐渐地大了起来，竟敢在课堂上开口结结巴巴地和人用英文争论。虽是语法错误百出，好在众人都是五十步笑百步，一片嘻闹之中，就把一应的烦恼之事给丢在脑后了。可是课一散，那一份没心没肺的快乐也就丢在了教室里。回到家来，依旧是形影孤单的一个人。不由得恨起那个章亚龙来——他若在家陪她说说话也是好的。就后悔了当初没在广告上提这个条件。可是，这事在广告上又怎么提呢？"寻找聊天伙伴，共度寂寞夜晚"。怎么听上去竟像是哪份小城晚报上半老徐娘的征婚广告了呢？王晓楠忍不住一个人低低地笑了起来。

有一天晚上，王晓楠下课回家，一个人吃过了饭，还不到七点。开了电视来看，都是些闹剧，也听不懂几句。外头下着雨，打着闪，风拖着长长的尖利的尾音跑过长街，将窗户捆得咚咚作响。那风声像怨妇哭殡，也像原野上饿了一个冬天的狼。

王晓楠从小是在南方长大的，大学毕业后虽然在北京待了十好几年，也见过一些冷天，却是从来没有听过这样的风声的，心里不免就有些惊悸。忍不住给许韶峰打了个电话，铃响了很久也没有人来接。这才突然想起那头正是周六的大早上。到了周末许韶峰不睡到日上三竿是不会起床的——大概把电话也关了。只好从壁橱里抱了床毯子拥在怀里，靠在沙发上发了一会儿呆，心里突然就很盼着章亚龙早点下班。后来不知怎的，仿佛受了鬼使神差，竟从皮包里找出一把钥匙，去开了章亚龙的房门。当初章亚龙搬进来之前，诸事都答应了，却只提出一个条件——房门要上锁。王晓楠当场就给他配了新锁，又把两把钥匙都给了他。当然章亚龙并不知道，王晓楠手里还有第三把钥匙。

章亚龙的屋子和从前几乎没有太大的差别。除了桌子上多出了几个相框，壁橱里放了两只箱子之外，一切都一如既往地简单而有秩序着。简单和有秩序其实是一件事情的两种说法而已。一个一无所有的人是很难制造出混乱的布局来的。混乱只能是富有的产物，绝少能从简单里衍生出来。

王晓楠便凑到桌子上看照片，一共三张。第一张是一对老头老太太，各穿着一身崭新的西服套装，别别扭扭地坐在照相馆的长凳子上，对着照相机傻笑——看着像是章亚龙的父母亲。第二张照片是章亚龙自己，穿着一件洗得泛白了的军绿球衫，胳膊上兜着一个篮球，额上脖子上湿湿的都是汗。照片大约有些年数了，章亚龙看上去很是消瘦，球衫从颜色到样式都有些古板。第三张是一个三十多岁的女人，手里牵着一个五六岁的男孩。女人其实相貌平平，却有一个灿烂的微笑。女人还有一把极好的头发，在阳光和风里柳丝似的飞扬起来，细细碎碎的全是金黄。男孩有些怕羞，紧紧地闭着嘴巴，不肯对着镜头笑。章亚龙并没有出现在这张照片上，可是王晓楠从女人的眼睛里看到了章亚龙的无所不在。记得章亚龙第一次来应征的时候，曾经说过他是"一个人过"的。这样的说法在现今的时代里被许多结了婚的男人和女人们广泛而松散地使用着，这样的说法可以有多种多样的解释。也许许韶峰现在就在某一个酒吧茶廊里对某一个年轻而美丽的女人说着这样的话。当然，这样的话从成功的人嘴里说出来，总是更富有吸引力一些。如果章亚龙在彼岸的妻子听见章亚龙这样对人介绍着他自己的状况，她的笑容大概就不会像照片上这么灿烂明媚了——每一个女人刚开始做女人的时候大概都有过这样的笑容，侵蚀和毁坏是在后来才渐渐发生的。

后来王晓楠又在章亚龙的房间里发现了一样她先前没有注意到的东西，这样东西使她在房间里的逗留延续了一些时候。她看见墙角里有一摞白色的布，布底下仿佛覆盖着一个木头架子。布显然旧了，皱皱地发着黄。她本来并不真想去探讨布后边的内容，可是一想到她还有一个非常完整的夜晚需要细细打发，她就无法遏制地向那个角落走去。

她掀起白布，木架上是一幅画。一幅油画。

油画看起来很新，颜料似乎还微微地透着湿气。王晓楠把手指轻轻地贴上去摸了一摸，方知道早就干透了。画上是一个年轻女子，穿着一件月白色的旧式斜襟布衫，袖口领边上绣了一些细碎的云边。女人的头发齐齐地梳到脑后，头顶露出半只斜插的碧玉发簪。也许是风的缘故，也许是笑的缘故，那玉簪上绑的红丝线似乎在轻轻地颤动着。女人的头发很密，刘海黑压压地遮住了眉毛，一双眸子乌亮清明。女人的双手紧紧地绞在一处，膝盖上斜斜地放着一枝夹竹桃。夹竹桃大约是新采的，白色的花瓣上沾着些露水，在早晨的太阳底下闪着晶晶的亮光。王晓楠只觉得这女人隐约有些面善，过了一会儿才看出来原来就是照片里的那个女人——只不过是一个年轻些的古妆版本。画面右下侧有一行碳笔字，字很潦草，她颠来倒去地看了几回才依稀看出是"琼美印像"几个字。

王晓楠站在离画很近的地方看画，画里女人被画笔肢解在斑驳的颜料中。后来她退后了几步，距离使女人和她膝盖上的夹竹桃渐渐地完整起来，整个画面便带上了一层朦胧的忧郁，甚至连阳光也仿佛隔了一层薄薄的雾气。这时候她突然看见女人的嘴角牵了一牵，发出一声轻轻的叹息。她吃了一惊，再凑近了些，女人却不再有响动，回到了画中的寂静。她便慌慌地想退出房门，却完全没有意料到章亚龙会在这个时候推门进来。

他在见到她的那一刹那愣了一愣，手上的拎包咚的一声掉到了地上。他的面部表情在尝试了数种变换之后，终于固定在一个模式上。

"这是……是你画的吗？"

他没有回答她的问题。他直直地看着她，却又像没有在看她，他的眼光笔直地穿过她落在很远的地方。她突然就觉得被这样的眼光扎得遍体鳞伤。

"这是我的房子，我想进就进，想出就出。"

她依稀记得自己对他狠狠地嚷了一句这样的话，她也依稀记得他在她身后轻轻地关上了门。但是她没有听见他锁门的声音。

那天晚上，他一直没有锁门。

在那以后的日子里，他也不再锁门。

她回到自己的房间里，头疼欲裂。在吞服了几片安眠药之后，她昏昏沉沉地进入了半睡眠状态。那一晚她的睡眠被无数的梦境割锯得支离破碎。在其中的一个梦里她看见那个穿月白布衫的女人。女人站在一片悬崖上，四周是水——不知从哪里开始也不知到哪里结束的水。女人的嘴唇在微微启动着，像是一尾即将死在网里的鱼。可是她始终没有听懂女人的话。后来女人朝她颤颤地伸出手来，她也朝女人伸出手去。当她几乎能感觉到女人指尖的冰凉时，女人突然带着一声轰隆的巨响坠入了深渊。

原来是风声。

王晓楠捂着胸脯坐起来，一身冷汗，心跳得一个屋子都听得见。她把那个梦从头到尾地回忆了几遍，那个巨大的环绕着悬崖绝壁的水泽突然使她想起来章亚龙桌子上的那张照片——那张有女人也有孩子的照片。那张照片的背景其实也是水，很遥远很模糊的，淡化成一片青灰色烟雾的水。

突然间她明白了那汪水是尼亚加拉瀑布。

突然间她也明白了章亚龙的妻子不在中国。章亚龙的妻子就在多伦多。

5

那年夏天大考完毕，暑假即将开始，班上有几个同学建议去苏州、无锡旅游。王晓楠是厦门人，还没有机会见识过苏杭一带的景致，就跟着报了名。其实开始时王晓楠是有些犹豫的——王晓楠的父母是双职工，有两份收入，所以王晓楠是申请不到助学金的。她下边还有一个弟弟也在上大学，两人的费用都是家里来负担，她手头就没有几个宽裕的钱。促使王晓楠决定花钱去旅游的，其实还不仅仅是苏杭的景致。王晓楠是在听同宿舍的女生说起张敏也要去之后，才下了决心的。

到苏州那晚，正是最炎热的时节。天像一口严丝合缝的大瓦缸，倒着个儿扣在地上，透不进一丝凉风，满街的树木都无精打采地耷拉着枝干。班长点着人数安排众人住招待所，指了指张敏问："你去不去你女朋友学校住？"见张敏不吱声，就把他的名字划了出去。一行二十来个人分了三个大通铺房间住下，一间女房靠里边，两间男房靠外边。天时还早，众人都没有睡意，有的跑去娱乐室看电视连续剧《姿三四郎》，有的就扎在一堆闹哄哄地玩扑克牌。王晓楠见张敏走了，早没了兴致，就推说头疼，一个人无心无绪地回屋躺下了。

躺下了，却睡不着，听着窗外的知了扯着嗓子撕心裂肺地叫，汗就渐渐把身上的背心湿透了。只好起来，用湿毛巾一遍又一遍地擦拭着身子。好不容易略微有了些睡意，却听见一阵窸窸窣窣的开锁声，黑暗里闪进来一个人高马大的影子，也不开灯，径直就朝她的铺位走来。王晓楠惊得汗毛耸立，咚的一声跳下床来，飞也似的冲出屋去。其实那人是招待所新来的服务员，不懂规矩，怕吵了顾客睡觉，所以没敲门就进屋了。知道闹了误会，连忙追出来说："是我，别怕。"哪还来得及——早跑到街上去了。

王晓楠昏头昏脑地跑到街上，迎面就撞到了一个人身上。那人没防备，险些被撞了一个趔趄。待两人都站定了，才看清原来是张敏。王晓楠惊魂未定，身子一软就歪到了张敏怀里。张敏见王晓楠穿着短背心、花便裤，光着脚，披头散发地站在街上，也吃了一惊，慌忙扶着她在街沿上坐下。王晓楠就把刚才的事说了一遍给张敏听，一边说，一边喘息。张敏听了，就笑："这么多人呢，他哪儿敢？八成是服务员来换水瓶的。"王晓楠这才想起，那人手上似乎提了东西，大概真是热水瓶，便也觉得好笑起来。

心略略定了下来，就问张敏怎么又回来了，张敏"嗯"了一声，算是回答。这时王晓楠感觉到左脚心隐隐生疼。摊开来一看，原来被石子扎破了，蚯蚓似的爬着一线血。王晓楠见了血，就是一声惊叫。张敏把她的脚举到自己的膝盖上，从兜里掏出一条手巾来包缠伤口。一边包，一边笑："丁点儿大的事，也值得叫。你们这代人呀。"王晓楠不服气，说："谁说我没吃过苦？你来看看我们球队训练的时候。"张敏只是摇头。王晓楠就问："秦海鸥在我这么大的时候，比我有出息吧？"张敏不说话。王晓楠又问了一遍，张敏给缠不过，才说："秦海鸥在你这么大的时候，用一根擀面杖打死过一条狼。"王晓楠叹了一口气，说："生在好时候也不是我的错。你总不能叫我把你们这代人的苦都吃过一遍，才肯拿我当真吧。"张敏听了，心里动了一动，转过脸来看王晓楠坐在路灯底下，手臂肩膀全然裸露在外，一身的肌肤如同上了釉的新瓷，光光的没有一丝褶皱瑕疵，一副清清凉凉的样子，反看得他很是燥热起来，就站起来要帮她取鞋子。王晓楠不肯，要张敏陪着坐一会儿。张敏说瞧你这副样子，王晓楠这才觉察到自己穿得很是单薄，就说那你把衬衫给我。张敏无奈，只好把身上的衬衫脱下来，给她披上——幸亏里头还穿了一件背心。

两人就坐着看天。

星星如豆，天极是清朗，一望无际。一轮滚圆的月亮，照得地上仿佛被水清洗过了一遭。天色晚了，终于起了些细风。知了也歇了。遍地寂静中，只听见满树的叶子窸窸窣窣地抖着。两人久久无话。王晓楠用手指头梳编着头发，梳拢了又拆开，拆开了又梳拢。王晓楠的头发很长，有时梳两条长长的辫子，有时在脑后扎一根马尾巴。不梳辫子也不扎尾巴的时候，那一堆散云就把她半个身子都盖住了。后来她拨开散云把头靠在了张敏肩上。张敏没动。

过了很久她才听见他幽幽地叹了一口气。

"晓楠，我是不能离开秦海鸥的。"

"如果我不让你离开秦海鸥呢？"

王晓楠伏在张敏肩头，低声问道。

张敏没有回答。

6

毕业分配方案下达时，张敏的去向是早已预计到了的。老家南京的一所高校，三个月前就发了公函到系里点名要张敏，而那时秦海鸥已经考取了南京药学院的研究生。无论于公于私，张敏都是应该回南京的。然而王晓楠的去向却一直在变动之中。开始时班里沸沸扬扬地传说她在四方活动准备回老家厦门的一所高校教书，后来又有人说她在努力争取去浙江的一家出版社，最后她却定局在北京一家不大不小的报社当了文字编辑。其实关于她去向的种种传言都只是人们生动活泼的猜测。当管分配的辅导员征求王晓楠的意见时，她只稍稍沉吟了片刻就说要去北方。在这件事上王晓楠并没有像往常那样向张敏讨教，所以公布名单的时候张敏难免吃了一惊。当然张敏没过多久就明白过来了——北京是三个城市中离南京最远的。

在尘埃落定，众人的未来都有了着落时，王晓楠突然得了一场大病。严格地说，王晓楠的病并不完全是突发的。王晓楠有胃病的历史，只是在那段时间里她的胃病达到了登峰造极的地步。那时她的同学们都已经到单位报到或趁报到之前的短暂片刻回家探亲去了，她却因为要在学校的挂钩医院里接受检查而独自留了下来。她一个人躺在没有人声的宿舍里，在胃痛的间隙里尝试着睡一小会儿觉，或者在胃药制造的片刻安宁中小心而又频繁地进食，而这种时刻学校的食堂通常是关门的。

张敏决定留下来陪王晓楠看病。

张敏从他的同乡那里借来了一个煤油炉子，用剩余的粮票到附近的农贸市场和农民换来半篮鸡蛋，并把自己的自行车卖了，去小菜场买来薏米、肉松、活鱼和排骨，每天为王晓楠做着小灶。于是宿舍狭窄的楼道里，便常常充溢着一股葱花和热油交混着的香气。

有一天，在饱饱地喝过一碗鲜鱼汤之后，王晓楠有了些睡意，就靠在床头懒怠地闭上了眼睛。午后的阳光把她的脸色涂抹得娇嫩异常，该红的地方很红，该白的地方很白。汗湿的刘海在她的额上形成一个个大大小小的圆圈。他用手指长时间地挑弄着她的额发，她醒来时发现他的脸色有些疲惫灰暗。

"你该走了。"

她缓缓地对他说——他的宿舍在她的楼上，每天他都会被叫上去听南京来的长途电话。

"晓楠。"

他叫了她一声，嗓音有些嘶哑。

"我和她还有很长的日子，和你却没有了。"

后来他决定送她去北京报到。

到了北京，王晓楠的单位分给她一间宿舍，是和一个单身女记者共住的。屋很小，摆了两张单人床、一张旧桌子和两张木椅，就连走路也得侧着身子。桌子只有一个大抽屉和两个小抽屉，早让那个记者占满了，见王晓楠来，只好百般不情愿地腾出一小块空地来。王晓楠平时爱买书，带着一箱子的书到了北京，却哪有地方放置？只得堆在床头，高高的堆了半堵墙。屋里连盏台灯也没有。若一个人占着桌子写字，另一个就得蜷腿坐在床头看书，暗蒙蒙的，十分伤眼力。张敏原以为北京地方大，事业生活自然另有一番风景，谁知竟也是这般小气拙陋，就十分放心不下。反倒是王晓楠时时地说着些宽慰的话。

王晓楠的单位虽小，却还算热情，给了她一周的安家假期。正巧张敏前几天刚收到一笔稿费，就带着王晓楠上街买了一盏台灯，一些锅碗瓢盆和一条新床单。后来他们路过西单商场，看见服装柜台跟前围了好些人，就挤了进去看热闹。柜台里摆着几件刚刚上市的太空服。蓬蓬松松的，上边匝了些横横竖竖的道道，分大红、天蓝两种颜色，很是鲜艳。那年羽绒服是一桩刚刚兴起的时髦，从前众人只是在电影里见过宇航员穿这样的衣服，便都好奇，却还是嫌贵，终是看的人多，买的人少。王晓楠看了看标价，是三十九到四十三块钱不等，就拉着张敏转身走了。

两人走出几步，张敏突然又折了回去，回来时手里就多了一个大包。王晓楠嚷了半句："你疯了，回去不……不办事了……"就停顿在了那里。虽然王晓楠异常小心地绕过了那个关键的词，她却知道张敏这趟回南京，最早国庆节，最晚元旦，是要结婚的。张敏不回答，却催着王晓楠把太空服套上试试。张敏选的是天蓝色中长的那一款，王晓楠穿上了，拉上拉链，正好在膝盖上，那遮住的和露出来的部分都让人产生无限遐想。找不着镜子，就问张敏怎么样，张敏看得呆呆的，半晌说不出话来。王晓楠闷出了一头一脸的汗，就把衣服脱了。张敏接过来拿在手里，就势将王晓楠紧紧地搂住了。两人站在当街的秋阳里，听着秋风细语呢喃地梳理着秋叶子，突然就有了些地老天荒的凄惶。

第二天张敏去火车站买回南京的车票。买好了票，他就到旁边的邮局打了一个长途电话。那头秦海鸥接起来，轻轻一笑，问："是浪子吗？"张敏没笑，却说了火车的班次和抵站时间。秦海鸥问还有别的事吗，张敏呵呵地干咳了两声，才说："海鸥，这趟我真的回家了。"秦海鸥那头半天没有说话，张敏知道她在哭。事过多年，秦海鸥回想起来，仍旧觉得张敏的这句话是一语成谶。

后来王晓楠送张敏去火车站。王晓楠在张敏的车厢里待了很久，一直待到高音喇叭前后报了三次"送客的同志请下车"，王晓楠才站起来。王晓楠虽然站了起来，却没有离开。这时张敏把手搭在了王晓楠的肩上。张敏的手放得不轻也不重，使王晓楠一时无法判断他是在拉她还是在推她。在片刻的犹豫中，火车喘了一口长长的粗气，缓缓地行走起来。王晓楠重新坐了下来，说："我到天津再下车吧——一会儿去补张票。"

可是王晓楠并没有在天津下车。王晓楠后来是在济南站下车的。王晓楠下车的时候走得很急，两腿像灌了风似的，停也停不住。一直到那辆依旧载着张敏的火车蛇一样地蜿蜒进一天一地的暮色里，最后只剩了一个黑豆大小的圆点时，她才发觉她的身子其实一点也不肯与她的腿配合。她的身子如同一摊抽去了筋骨的散肉，腿突然间就载不动那样的重量了，便咚的一声坐了马路牙子上。她在马路牙子上坐了很久，看着街灯一盏一盏地亮了起来，行人在橘黄色的街灯下蛾子般笨重地移走着。没有一盏灯是她见过的，也没有一个人是她认识的。她想哭，可是她却没有哭。因为她知道没有人会听她哭。

她于次日下午回到了北京，意想不到地发现她的办公桌上有两封加急电报——都是从徐州发过来的。第一封是张敏的。张敏的电报从抒情的角度来说很是简短，只有两句话。然而从电报惯常的叙事用途来说，却啰唆得几乎接近奢侈了：

> 我一直在你和世界中间做选择，现在才知道它
> 们是一回事。等我回北京。

第二封电报是徐州市公安局发来的，说一个身份不明的男人在徐州火车站旁边被一辆货车撞死，口袋里有一封电报草稿，收件人是王晓楠，"请速来徐州认尸。"

张敏最后葬在了南京郊区的一个僻静县城。葬礼上秦海鸥远远地躲避着试图安慰她的人群，却从头至尾一直紧紧地握着王晓楠的手。秦海鸥喃喃地问了很多次："他为什么要在徐州下车呢？"王晓楠没有回答。王晓楠没有告诉秦海鸥张敏从徐州给她发过电报，秦海鸥也没有告诉王晓楠张敏在北京给她打过电话。她们都怀了一个被死亡骤然切去了尾巴，却依旧能产生无限美丽遐想的巨大秘密，各自以为最终得到

了她们一生中最重要的那个男人。这样的想法使她们开始彼此深切地怜悯着对方——毕竟失去了对方，她们对张敏的记忆就是残缺不全的了。

秦海鸥与王晓楠的友情断断续续地保持了很多年。秦海鸥硕士毕业后直接报考了博士，后来就留校任教做研究。没有出国，一直单身。到三十九岁时才嫁给了她的导师——一位在"文革"中丧偶的知名教授。她很少对王晓楠说起她的婚姻。然而她和她丈夫的名字，却常常并排出现在一些很有分量的学术杂志上。当然还是他在先，她在后。

7

许韶峰回国之前，两人将买完房子后剩下的几十万加元，都存进了互惠基金账户。本金不动，利息作为王晓楠在多伦多每月的花销。王晓楠写信给国内的旧友，说起这边移民生活的百般无聊，落款时就会写上"惜婆"两个字，谐的是"息婆"的音。

年底的时候，王晓楠收到了投资公司寄来的一封信，报告这几个月来的投资收入情况。粗粗地看了一眼，就觉得钱数不对。在国内钱上的事从来不需要王晓楠上心，到了这里没个商量的人，只好自己学着管钱。就翻箱倒柜地找着了开账户时签的文件，对了对数目果真少了约有十来万加元。立时就打电话给投资公司，问这几个月互惠基金怎么亏成这个样子了。那头的小姐听了她的口气，就笑："算你运气好，虽然没赚，却也没吃大亏——你看看近来这股市是什么行情？你先生没告诉你？他一个月以前从账户上取走了十万加币。你们开的是联合户头，谁单独签字都生效。"

王晓楠挂了这头的电话，又急火火地拨了个北京的电话。接通了，就甚是凶狠地嚷了起来："好你个许韶峰，还有什么要瞒着我的，你就一并说出来……"那头听了，沉沉地叹了一口气："什么事？就不能慢一点说？多少年了，总是这个脾气。"

王晓楠这才听出来是婆婆的声音，就多少有些羞愧，又不便对婆婆细说原委，只好收敛了些火气，问许韶峰哪儿去了。说出差去了。哪儿出差？广州深圳一带。什么时候回来呢？没准。在外边讨债呢，年底要讨不回来，过了年就更没指望了——这年头，欠债的大过讨债的。豆芽呢？进住宿学校了，周末才回来。王晓楠听了又是一愣——不是说好了要到这边来上住宿学校吗？婆婆就有些不耐烦起来——你不在，谁管孩子的功课？他是孩子的爸，还能不为孩子好吗？什么时候去加拿大不是还没定吗？

王晓楠无话，只好挂了。

许韶峰办好移民手续带王晓楠来加拿大登陆时，头一个星期里不去看高楼大厦，也不去看名山好水，却一直呆呆地坐在公寓门口看天。看着看着，就翻来覆去地问王晓楠："这天……这天怎么就能蓝成这个样子呢？蓝得让人他妈的想哭。"——好像老婆必须为天的颜色负责似的。到了第二个星期，天依旧还是蓝的，他却不再提想哭的话了。到了第三个星期，他就渐渐忘了天本来可以不这么蓝的——那时他已经待得有些无聊了。

许韶峰是在买了房子后的第五天回北京的。在机场和王晓楠说好了，这趟回去，最多待两个月，把人家欠他的、他欠人家的债都清一清，再把公司的事彻底交到合伙人手里，就起身回来，顺便把儿子豆芽带来送进私立住宿学校念书。可是转眼五六个月过去了，许韶峰电话里却渐渐不提回来的事了。王晓楠追得急了，那头就长一声短一声地叹气，说公司的麻烦事多了，一时半刻哪脱得了身。问什么事，又死活不肯细说。王晓楠忍不住和他诉些苦，说这边家里的水管漏了，修了几回也没修好。考汽车驾驶执照，考了三回也没考过，眼看冬天就要来了，不开车怎么出门呢？许韶峰开始还讲几句宽心的话，后来就听得哈欠连篇起来，说："叫出租车就是了，你又不是没有钱。再不，叫个人住进来，帮你干些杂活。你这还叫苦，有多少人想吃你这种苦都吃不上呢。"王晓楠听了，心里一凉，从此不再拿这头的事烦他。

王晓楠放下婆婆的电话，又马上拨了许韶峰的手机。许韶峰的手机是全球通，一拨就通了，是个女声，细声细气地问："是你吗？什么时候回来？"王晓楠没好气地回了一句："正是我。你说我该什么时候回来呢？"那头一听来者不善，顿时就换了种语气，正正经经地说："我是许总的秘书。许总正在开会，让我替他听手机。"王晓楠冷冷一笑，说："那正好，请告诉你们许总，他老婆在加拿大让人绑架了，他若是要人，就火速拿出十万加币来。他若不要人了，也得回来收尸。"说完也不等回话，就砰的一声挂了。

王晓楠坐在地毯上发了很久的呆，想给厦门的娘家打电话，刚接通了，听见是母亲的声音，又赶紧挂了。母亲去年得了乳腺癌，动手术做化疗放疗加上单人病房高级营养品，一共花了十多万元——都是许韶峰付的钱。母亲从此不再说许韶峰一声不好。王晓楠又从手提包里拿出一本通信录来，十几页纸上共有好几十个名字，从头翻到尾，竟找不到一个可以说话的。后来还是忍不住给章亚龙拨了个电话——章亚龙衣厂的电话号码还是当初他留在租房申请表上的。衣厂正是午休的时候，电话里闹哄哄的，很是嘈杂。她等了约有十来分钟，章亚龙才来到电话机旁边。听见是她的声音，就愣了一愣。

她清了清嗓子，说了半句："那天的事……"就说不下去了。他也不接她的话，由着她尴尬了一小会儿，才扑哧一笑，说："我接受你的道歉。"王晓楠"咦"了一声，说："谁给你道歉来着？家里炖了西洋参鸡汤，你吃不吃？"他说吃，她就挂了。

王晓楠打了这一大通电话，只觉得周身燥热无比，在屋里再也待不下去了，就抓了一件大衣走出门来。出了门，却又不知道往哪里去，只好顺着平常坐车去英文补习班的路线，无精打采地走了三两站地，两腿就渐渐沉了起来。正想坐车回家去，突然看见街边停了一辆漆得花里胡哨的大汽车，车门大敞着，门外排着一队人。王晓楠走近了，才发现那人群中有两个是她班里的同学。就问去哪，说是去尼亚加拉赌场，五块钱一张票，包晚饭。"还有空位子，你去不去？"王晓楠就糊里糊涂地跟着上了车。

车慢吞吞地开了约有一两个时辰，就到了一个开阔处。

耳里隐隐的仿佛听见些轰鸣，车窗上也渐渐地蒙上了些雾汽。王晓楠知道这是到尼亚加拉瀑布了。谁知车路过瀑布，并不停下，却一路直直地开进了一幢大圆楼。王晓楠问了同学，才知道这车的司机和赌场有协议，旅客要先进赌场，赌够了才能放出来观光——世界上哪有免费的晚餐？王晓楠无奈，只好随着众人进了楼。

进了楼，才发现这楼里的景致反比楼外的明亮。一个硕大无比的圆型屋顶，拿来做成了一顶人造天穹。那天也不仅仅是一块蓝天，还飞着些丝丝缕缕的白云。白云是纹丝不动的，动的是天穹。这天穹一转动，云仿佛就动了，天也就很是逼真了起来。又见四围的墙壁上，不是西洋壁画，就是罗马雕塑，一片金碧辉煌。那没有壁画也没有雕塑的空间里，就做了各式各样的店面，卖的是进口烟草、欧洲皮货、非洲艺术品。地上一律铺着酒红色的地毯，几十个年轻女招待，手托着饮料盘四下走动，给客人送茶饮。一式一样的瘦高挑身材，一式一样的超短裙，一式一样的殷勤微笑，甜媚却不低贱，亲近又不狎昵。

王晓楠只觉得这个地方像是大闹市里的一个艺术馆，像是为富贵人家设计的一家专卖商场，又像是旅游胜地里的一座五星级宾馆。什么都像，却唯独不像赌场。

同学就拉她去玩老虎机。她的皮包里正好装了两百多块钱的现金——原本是想去买吸尘器的。就数出五十块钱来去柜台换了满满一筒的筹码，刚刚投进去四五个，就听见她的机子鬼似的尖叫了起来，吓得她心慌慌地直跳。旁边的同学拍手欢呼起来：好运气——老虎口里就叮叮当当地掉下好些筹码来。她接了一筒，没接完。又"淅淅沥沥"地接了大半筒，才接完。就拿了那个半筒的去给同学玩，自己抱了赢的那一筒，加上原先的那一筒，兴兴头头地接着玩了起来。谁知后来老虎机就安静了下来，再也不肯出声了。同学说你把一天的数额都赢走了，还指望它给你出钱呢？赶紧换一部机子吧。她果真就换了几部机子，却依旧不出钱。没过半个小时，就把两筒筹码输光了。又去服务台换了一百块钱的筹码。输几下，赢几下的，拖拖拉拉地玩了一阵子，终究还是都输完了。看了看手表，离吃晚饭的时间还早。实在无聊，又去柜台把口袋里的钱都兑了，换了个一块钱一次的老虎机玩。这次倒是痛快，全是进的，竟然没有一个出的。不到一刻钟，筒就露了底。口袋里再也没有票子可换了，只好下决心歇了，不再恋战。

正好这时晚饭也送过来了，是盒装的意大利比萨饼外加一小杯可乐。比萨饼上浇了满满一层奶酪，王晓楠向来不爱吃奶制品，勉强咬了几口，就吃不下去了。便沿着走廊逛来逛去看人家赌大筹码的。看了一会儿玩二十一点的，见都是输的，一个没赢，就扫了兴。后来走到了一个五颜六色的大转盘跟前，看见一个精瘦的墨西哥人，半蹲半坐在椅子上，正往台子上放筹码。那人将筹码放得挤挤的，在二十到三十号中间的数字上都堆上了小小的一叠，连边边角角都堆满了。发牌小姐手腕轻轻一转，转盘悠悠地转了一小圈，在一个号码上停了下来。还没容王晓楠看清楚，小姐早将一桌的筹码掸灰尘似的掸得一个不留，单单给那个墨西哥人扔了一大摞子筹码。到第二轮时，墨西哥人并不着急，等着小姐把手扶到了转盘上，才开始放筹码，也是放得拥拥挤挤的。这回小姐用力凶狠了一些，转盘转了几圈才停了下来。众人只盯着墨西哥人看，只见那人又搂进了一叠筹码，竟比上回的还多。小姐的脸色就遮掩不住地有些难看起来。这时里头走出一个领班模样的人来，把小姐领进去了。过了一小会儿，小姐又出来上了台子——却不是同一个小姐了。

王晓楠看得稀里糊涂，同学就解释给她听，那个墨西哥人可不是寻常的赌徒，是属于赌精这一类的。这些人从不轻易下注，必是在某张台子边上转来转去观察了很久的，早就摸清了小姐转盘时的手势和下力的轻重缓急，推算出转盘大概会在哪个区域内停下，就把赌注下在那个范围的数字上。这样的赌客，赌场极是忌讳，却又找不出由头来拒绝，只好靠频繁地换小姐来扰乱他的推理。王晓楠听了，大长见识，就说那我就跟他投注，他投什么我也投什么。同学见她早先也输过几百块钱了，都劝她。她正在兴头上，哪里听得进劝？径直去取款机里取了五百块钱，通通换了筹码，回来一看，不仅是墨西哥人不见了，连同学也走散。只好自己找了张台子，自作主张地下起注来。结果又同早上一样，开门第一炮就红，红了一炮却再也不见颜色了。便越发着急起来，赌注越下越大。那五百块钱不禁输，五把十把就全军覆没了。本想再去取钱，突然想起银行卡上的每日取款限额已到，只好快快地站了起来，一个人离开了赌场。路过大厅，在玻璃镜子里看到了自己的模样，两个眼睛红红的如灯泡，头发根根直立，这才明白了赌徒为何十有八九面目可憎。

走到门外，早已是暮色苍茫。天上正下雪霰子。雪霰子落到地上，沙沙的像小时候家里过年炒糖栗子的声音。路边停了两辆城市电视台的车子，有两三个工作人员正扛着黑黝黝的摄像机在拍晚间新闻——昨天移民局刚刚在赌场抓住了一个通缉已久的杀人犯。一个三十来岁的女记者，穿了一套极为精神的玫瑰红西装，胸口别了一个小麦克风，身子在风里冻得抖抖的，正在伶牙俐齿地报新闻。王晓楠不禁微微一笑，她仿佛看见了当年的自己。在北京的那些年月，想起来真是恍如隔世。

遭冷风一吹，王晓楠才清醒了些，明白自己这半天的工夫里已经扔掉了七八百加币。这七八百加币若换成人民币，也是三四千块钱，那是从前自己做记者时好几个月的工资。章亚龙在衣厂里要打多少个包，才能拿到这个钱数？于是就有些心疼起来，不由得后悔自己的孟浪。懊悔归懊悔，终不肯服气——自己输的这个钱数，还不够许韶峰一个晚上在歌厅酒吧里的消费。说是招待客户，谁知道是一群什么样猪头狗脸的人呢？由此想开，又想到那个接手机的青葱翠玉般的女声，心里越发翻江倒海似的难受起来。方才吃的那几口意大利馅饼，渐渐地堵了上来，忍不住蹲在冷风里嗷嗷地吐了起来。

吐完了，站起来，看见身边有个电话亭子，就钻进去，塞了一张信用卡，拨了家里的电话号码。原来只想查一查家里的电话留言，没想到却有人在家。她顿了一顿，才说："你……你来接我一下吧。"

8

王晓楠大学毕业分到北京，在报社工作了一年多，就通过公开招聘考到京城一家新成立的电视台当了采编记者。那几年里，像王晓楠那样重点大学毕业有本事也有点相貌的单身女子，是很难被社会遗忘的，尤其是在京城那类充满了伯乐也充满了千里马的地方。她们一如钉子，即使被重重叠叠地包裹深藏着，最终也会在几经颠簸之后从包裹中破孔而出。尽管后来在人事关系调离一事上，王晓楠遭遇了可以用"万水千山"来形容的艰难历程，她毕竟很早就离开了枯燥乏味的文字编辑工作。在单调刻板的办公室生涯还没有在她脸上画下永久性的记号时，她就非常及时地翻开了她人生中截然不同的一页。

王晓楠到电视台之后选做的第一个专题片，就是关于部队年轻军官的。确切地说，是指那批高等院校毕业的大学生军官。王晓楠的任务就是把这些人从平淡无奇又广阔无边的军营背景里剥离出来，给他们的故事添上绿色之外的其他颜色呈现给观众。

王晓楠的节目出现在一个军队已经失却了惯常的神秘色彩，其功能已逐渐退化到不再被社会瞩目的太平盛世里。在当时人人致富的社会主旋律里，王晓楠的主人公和他们的故事似乎在唱着一支小小的反调。然而，在缺少反调的日子里，微弱的反调引起的注意有时却可以胜过强大的正调。正是由于这个原因，王晓楠在电视台的首次亮相就取得了意想不到的巨大成功。这个成功为不久之后她成为京城知名的栏目主持人铺下了第一块坚实的基石——那是后话不提。

许韶峰是王晓楠制作的军队故事中的一个人物。许韶峰是同龄军官中资历最老的，十六岁入伍，后来被保送进入一所部队系统的医学院，到那时已经有将近十五年的军龄。许韶峰大学毕业后，并没有像他的同学那样进入部队医院当医生，而是被分配去协调管理部队医院的设备更新换代和技术人员培训。

在那个异常强调专业对口、物尽其用的时代背景里，许韶峰其实不是那种常规成功故事的原材料。可是王晓楠在一片反对声中坚持要选用他的故事，用较为通俗的话来说，王晓楠对许韶峰有知遇之恩。那时许韶峰的同班同学中已经有人当上了住院总医师，而许韶峰却连一个盲肠小手术都没有动过。可是许韶峰却是他们中间第一个被提拔为正营级干部的。正营级在今天的标准里如同小数点之后的第三四位数，小得几乎可以忽略不计，然而在当时却是许韶峰的同伴们近乎奢侈的梦想。

　　当王晓楠和她的摄制组跨进许韶峰那个显然经过精心布置的办公室时，摄影师马上把镜头对准了墙上那一排框裱得整整齐齐的奖状和奖章。王晓楠请许韶峰解释这些奖状和奖章的由来，许韶峰嗨嗨地笑了一笑，说："你要听哪个版本的？是开着麦克风的，还是关了麦克风的？"王晓楠就是在那个时刻注意到了许韶峰的不同之处。许韶峰和他的同伴们一样，都想急切地通过媒体成名，但是许韶峰不像他们那样小心翼翼地掩饰着他的企图。在一片巨大虚浮的喧嚣声中，这一点小小的诚实，却突然使王晓楠产生了一些感动。

　　王晓楠还注意到了许韶峰的高大英俊——王晓楠生命中出现过的男人仿佛都是这个样子的。矮小懦弱的男人走不进她的视野。

　　那天是个极热的夏日，许韶峰没有穿军装。许韶峰穿的是一件极为普通的白布衬衫，但是他臂膀和胸脯上的肌肉使得那件再普通不过的衬衫突然间有了深刻的内容。他们之间的谈话很是顺畅，如同一股在平坦的山道上行走的溪水，几乎完全没有障碍地自由流淌，即使是在镁光灯和麦克风的注视之下。当然，那天的谈话并不都是通过语言进行的，其实眼睛也有很多的参与。当她问起他的家庭情况时，他突然有了小小的一个停顿。随后他说了一句："不随军。"就不再往下说了。这是那天全部的对话中出现的唯一一个阻隔。分手时他表现出一些心不在焉，甚至没有回应她的道别。后来她才明白，其实在那时他就坚定不移地相信他们还会再次见面。

后来王晓楠就全心投入了这组节目的后期制作。再后来她又全心投入了节目带来的成功情绪之中。再后来她就接受了一组新的节目。日子由这些"后来"和"再后来"循环往复地充填着，许韶峰带给她的短暂感动就渐渐失落在忙碌之中了。

生活的隧道太长也太灰暗，那些短暂的火花是很难长久地照亮一个人的行程的。三个月后，当楼下传达室打电话上来告诉她有一个叫许韶峰的人要见她的时候，她已经想不起来他是谁了。

她当时正在和总编谈一个新节目的创意，谈得兴起她竟然忘了他在楼下等她。当她最终想起来时，他已经在传达室里坐了将近半个小时了。穿军装的他和穿衬衫的他很有些不同，军装使他显得成熟而又威严。她看了他好几眼才把他认了出来，她脸上惊疑交加的表情使她在那一刻里突然有了几分未经世事的清纯和单一。他觉得自己多年堆积的世故顷刻之间像一片雪花融化在她的目光里。当然他没有这样告诉她，至少在当时没有。他站起身来，而且站得很是挺直。他双腿紧并，双肩端平，扬起右手，突然对她行了一个威严而标准的军礼。然后他从口袋里掏出一封信交到她手里，就一语不发地离开了传达室。

在众人好奇的目光中，她追着他跑出办公大楼。她自然是追不上他的。她看见他的步子从容而又坚定，后来他就化成了熙攘的街景里一个小点子。可是他一直没有回头。这是他设计已久的一个亮相动作。他知道只有采用某种别具一格的戏剧性方式，他才有可能进入她的视野。

她打开了他的信。信有两页纸。第一页纸上是一首诗。诗很短，没有署名：

默默的等待中，
指间溜过了多少
无风的夜晚。
天上星星，个个都很亮。
为了那一个，
却迷失了回家的方向。

246

路过你的窗前，

想问

你的灯火是否为我而亮？

可是我不敢。

夜是沉沉的网，

隔开了你

在窗的那端。

我

在窗的这端。

　　这是许韶峰对王晓楠第一次也是唯一一次的与求爱模式最接近的感情表白。后来王晓楠多次问过许韶峰这首诗是写的还是抄的，许韶峰从来没有正面回答过她的问题。他总是笑笑，不置可否地反问她："你觉得呢？"

　　与第一页纸里的浪漫情怀相比，第二页的正文显得有些不合时宜的严峻。

　　我是在一年以前经战友介绍认识了现在的这个
"妻子"的。

许韶峰在写到"妻子"这个词时使用了一个引号。

　　她家在天津，我在北京。我们是通过书信联络
交往的。四个月前我们登记"结婚"了。

在写到"结婚"这个词时，许韶峰又一次使用了一个引号。

　　然而我们仅仅是法律意义上的夫妻，我们始终
没有住到一起。因为在筹备婚礼的前夕，我无意中
了解到她有相当严重的作风问题，在当地名声很坏。

看到这里，王晓楠忍不住抿嘴笑了一笑。那是八十年代
中期了，"生活作风"这一类的词语虽然有时还在一些场合
出现，在更多的场合里却已经被另外一些听上去不那么严肃
的词语所替代了。

　　但是促使我决定离开她的不是上面的原因，而
是我发觉她并不爱我。作为我妻子的那个女人，可
以有千疮百孔的缺陷，却至少应该是爱我的。

　　于是我单方面提出离婚。然而她坚持不肯，并层层告到部队上级。部队正在协助地方调查事情真相。相信手续只是一个时间问题。

　　读完信，王晓楠才认识到许韶峰在一些想法上与时尚很是脱节，在另一些想法上又异乎寻常的前卫。好在那脱节的地方正好在皮毛上，那前卫的地方倒是在骨子里。因了骨子里的那点前卫，皮毛上的那些脱节就不显得那么迂腐，反倒有了点意外的幽默。其实王晓楠是从心底里有那么点喜欢许韶峰的。

　　可是她还是把他的信锁到了抽屉里，不再予以理会。

　　因为她与张敏那一段长达三年的枝外又节节外生枝的复杂恋情，早已让她跋涉得精疲力竭。在她人生的那个生活阶段，她向往着一种简单明了黑白分明的感情，她再也无法忍受两个人的空间被三个人使用的那种拥挤了，哪怕那第三个人只是一个影子。

　　当然这只是她没有理会许韶峰的原因之一。其他的一些原因还包括她的生活方式。那时她已经在京城混了两年多，在文人的小世界里有了属于她自己的圈子。她的周围不乏对她献殷勤的人，其中甚至还有一两个让她看得上眼的。

二十五岁的王晓楠那时以为日子是没有尽头的，男人如同长长的旅途中的驿站，错过了一个，自然还会有下一个，他们之间一定是相隔不远的。

9

王晓楠与许韶峰再次相见，是六年之后的事了。

那时王晓楠在电视台里已经不再是个跑腿打杂的"小字号"了。台里新分配进来的大学生，见了她都毕恭毕敬地叫一声"王老师"，而和她差不多年纪的同事，在领导不在的场合里开始戏谑地称她为"王头"。"王头"在台里采编并主持一个叫《角角落落》的节目。节目很短，隔周一次，每次只有半个小时。拍的都是些灰色调的与大悲大喜无缘的小人物，柴米油盐贫贱夫妻的小故事，没想到收视率还挺高。

有一天临下班，社会新闻部的两个小记者拿了几张餐券来找她，说是一家自助餐厅开业，请他们去捧场。王晓楠看了看餐券上的名字，说这地方我知道，不是一般的贵，一张餐券值一二百块钱呢，哪是白请的？吃了是要给人做宣传的。那两人就没心没肺地笑——所以才叫上你嘛。吃了再说，实在逼得紧了，就说你们《角角落落》只拍穷人，哪天变穷了再来找我们，一定给帮着宣传。王晓楠心想自己回宿舍一人待着也是无聊，不如跟他们去胡乱凑个热闹，就骂了声："不怕挨刀哪你们！"果真跟着吃请去了。

到了餐馆，自然宾客如云，光花篮就堆了一整个前厅。来的人个个油头粉脸，西装革履的，偶尔有几个相互认得的，就挤过人群大声寒暄握手。大多数和王晓楠一样是来打秋风的，只看盘子不看人。王晓楠嫌闹，又怕餐厅老板认出她是电视台来的，就挑了些蔬菜水果，一个人找了个僻静角落躲起来慢慢享用。

正吃着，就听见身后有人扑哧一笑，说："还真想大隐于世呢。"王晓楠回头一看，竟是许韶峰。六年没见，发福了好些，大样子上却还依旧。王晓楠一眼就认了出来，两人都有些意外的惊喜。彼此伸出手来握着，就半天没有分开。

许韶峰没穿军装。身上那套银灰色的西装和腕上那块白金表，都不像是市面上的寻常货。许韶峰那天看起来很像回事，只是丝毫没有军人的痕迹。王晓楠就问："什么时候复员的？"许韶峰听了便笑："说你不懂吧，兵才复员，官叫转业。"王晓楠也跟着笑："那好，官是什么时候转业的？转业都干了些什么？"许韶峰就不笑了，认认真真地说："啥也不干，就等着星期三看《角角落落》。" 王晓楠心里热了一热，暗想这个许韶峰几年不见，果真有些长进，竟很知道怎么说好话了。

两人东一句西一句地说了一会儿别后的事，许韶峰就把手里的盘子放了，拉着王晓楠往外走去："什么东西，要味道没味道，要颜色没颜色，倒大街上猪也不碰的，还敢标这个价。不如我们找个清静地儿煮方便面吃。"也不容王晓楠回话，两人就到了街上。许韶峰朝街对过招了招手，王晓楠以为他要打的。就有一辆黑色的奥迪车缓缓地停了过来，里边走出一个穿得很是齐整的小年轻，朝许韶峰恭了恭腰，说"许总请。"王晓楠才知道这原来是许韶峰的座骑。

进了车，许韶峰就同王晓楠一起坐在了后排。车子剪刀似的割进了一街的灯火里，在熙熙攘攘的人流里裁出一条窄缝来。许韶峰吩咐司机开些音乐来听。司机一开录音机，排山倒海似的滚出来崔健的《一无所有》，直震得车玻璃沙沙地抖。许韶峰拍了拍司机的肩膀："有没有唱小康的，怎么天天是这一无所有的穷调调？"司机听了，也笑，果真就换了个轻柔些的流行曲来听。许韶峰侧过脸来，问王晓楠："结了吗？"王晓楠摇摇头，也问许韶峰："离了吗？"许韶峰点点头。王晓楠不知道许韶峰离得是第几次了——两人都没提上回的那封信。

后来车就在一座高楼跟前停了下来，两人坐电梯到了第十一层楼，走出电梯迎面就是一个办公室，墙上有块大金匾，上面龙飞凤舞地印着"韶远国际旅游公司"几个大字，署名是京城一个有名的书法家。许韶峰见王晓楠盯着牌子看，就嗨嗨地笑："这遍地的水货里头，也只有这个匾是真的。做生意，总想把名字起得大些——在你们文人眼里，总归是一个土字。我中学同学里有一个哥们，他老爷子在国家旅游总局管点事，能提供点信息财路，我俩就挂在旅游局下面，合伙开了这个公司。"

两人就在会客室坐下了，王晓楠看了看那会客室的装修很是富丽堂皇，不像是个小家当，就猜想许韶峰这些年大概真是发了。问总共有多少雇员，许韶峰说不算当地雇的导游，真正来上班的约有十四五个人，工资册上的就比这个数目多多了。

王晓楠不解，问不上班怎么会在工资册上，许韶峰只瞅着她笑，却不说话，王晓楠突然明白了过来，就叹气："不能怪干部不好，只能怪你们的本领太高。"又问有些什么旅游路线，许韶峰说："远的游香港澳门'新马泰'，近的游京津卫，不远不近的游苏杭三峡九寨沟。不过这些线路都是

'老皇历'了，你有我有大家都有。我们这里的特色不是这些。"说着递过一沓宣传资料，王晓楠略略翻了翻，都是些"井岗山怀旧之旅""万水千山长征路""伟人故地吃住行""延安窑洞夏令营"，等等。许韶峰很是得意地告诉王晓楠："这才是我们的特色菜。刚推出来的时候，是想打部委机关离休老干部的市场，谁知后来来报名的都是些小年轻，忙的时候一天五条线路三十个导游都排不过来。"王晓楠听了，暗暗佩服许韶峰的脑子，就想起当年采访许韶峰时，众人只当他是为了升官唱高调，才说专业对不对口无所谓。到今日才看出来，那几年在部队管设备更新换代，倒让他早早地学了些商场的招数，却真是他的兴趣所在呢。

这时候里头就叽叽喳喳地走出一群下夜班的女孩子来，走到门口，猛然见到会客厅许韶峰正陪着一个陌生女客说话，就折了回去。回去了也不肯老实规矩地待着，都挤在过道里咕咕地笑。许韶峰喝了一声："有话到外边说，笑什么笑？"那群女孩子果真就一一走了出来，倒不怎么怕许韶峰。为首的一个忍着笑低声说："许总你说过领导有重要会议时我们不能打扰——我们也没什么学问，怎么知道什么重要什么不重要呢？"许韶峰指着王晓楠说："这位是电视台的大记者，你说重要不重要？"那群女孩子异口同声说了声："重要。"

就齐齐地围过来看王晓楠。其中有一个就认出来了："你就是……你就是那个……""就是"了半天也没把名字说出来。王晓楠就推许韶峰："喂，管管你的部下。有这么看人的吗？又不是猩猩。"众人越发笑得前仰后翻。好不容易笑完了，为首的那个女孩子就趴到许韶峰耳朵跟前说："许总你赶紧把人家追过来吧，我们好去电视台看拍戏。"许韶峰挥挥手，说："这事容我拿个方案出来。去吧，去吧。"一群人才磨磨蹭蹭地走了，一路走，尚一路笑。许韶峰又是得意了一番："听不出口音了吧？全是我们一手训练出来的。没有一个是北京人，都是从山西、陕西、湖南招来的。一能吃苦，二对旅游景点有感情。"

待人都散尽了，许韶峰就招呼王晓楠到办公室里头转一转，王晓楠只是不肯："知道你气派大，我们现在是贫富悬殊，再看下去我没法回去过我的日子了。"许韶峰就叹了一口气："我的穷日子，你又不是没有见过。一个月七八十块钱的工资，管爹管妈还要管两个弟弟。那时候，谁都看着当医生的强，只有你没有把我看死。"

王晓楠想说："其实我也没想到……"却终于没说出来。许韶峰送王晓楠回家，这回是自己开的车。到了宿舍门口，王晓楠下了车，许韶峰把头探出车来，说："我没吃饱，你好歹给我煮包方便面吧。"王晓楠说："我从来不备方便面。"许韶峰涎皮赖脸地不肯作罢，说："水总是有的吧，我渴着呢。"王晓楠无奈，只好请他进来坐。王晓楠因是单身，在电视台只分到了一小间房，虽也花了些钱略略地装修了一下，毕竟还是寒酸。许韶峰在沙发上坐下来，大衣也不脱，只骂暖气不足。王晓楠笑笑，说："京城里百分之九十五的人就是这样过冬的，抱怨的却是另外的百分之五。"许韶峰意识到王晓楠似乎有些情绪，知道自己在这个时候说什么都不合适，略略坐了坐，就起身告辞了。

第二天王晓楠下班回家，邻居递给她一个包，说是快递公司送过来的。王晓楠回屋打开来一看，是一床南韩产的真丝面料鹅绒被。王晓楠把被子抓在手里，只觉得轻如蝉翼柔如春水——一下子就猜到是许韶峰送的。不免想起那年张敏在北京街头给她买羽绒服的事来，便感叹女人对男人可以有千种好法，男人对女人的示好方式却是如此雷同单一。又不想去问许韶峰，认定他总会打电话过来的。

谁知这一等就等去了一个月，许韶峰那里一点响动也没有。王晓楠终于沉不住气了，就按许韶峰名片上的号码打了一个电话过去。电话铃一响，那头就有人接了起来。一听到那个底气十足的"喂"字，王晓楠一时语塞。许韶峰一笑，说："我知道你会打电话过来的。"王晓楠隔着电话，脸上就有些臊，嘴上却依旧是硬："凭什么？"许韶峰过了半晌才轻轻地说："为了那六年。"王晓楠不说话，心里却很是感动。

这年年底电视台照例给所有的节目按收视率排出档次，王晓楠的《角角落落》归在"尚好"这一档——前两年都在最佳档。王晓楠心里就不是很受用。过了两天台里的头儿找她谈话，说收视率只能代表节目质量的一部分，媒体对社会的引导意义有时比收视率更重要。王晓楠只道是领导明白她心里的委屈，特意来化解的，谁知那头话峰一转——"当然我们也要正视收视率这个现实，看能不能有所改进。"在绕了几个弯之后，领导终于涉及到了正题，"你看我们能不能依旧由你来编这个节目，再从广播学院物色一个主持人？"

王晓楠从领导办公室出来就直接回了家。其实电视台里有很多面大镜子，有从上往下照的，也有从左往右照的，有二维，三维，也有四维的。可是王晓楠此刻只愿回家照她那面窄小的穿衣镜。王晓楠在镜子面前站了很久。侧身。正面。低头。仰首。微笑。沉思。怨恨。无论哪个角度哪种表情，她看见的都是一张还算年轻的脸。眼角的那些细纹，必须非常挑剔地观察才能发现。可是摄像机已经习惯了她的这张脸。

习惯的另一层意义就是疲乏。摄像机在狠狠地使用了她几年以后，终于厌倦了她的脸。摄像机从来不怕得罪任何一张脸，因为京城有太多年轻的充满新意的脸迫不及待地要和摄像机亲近，摄像机已经被那些成千上万张的脸宠坏了。

王晓楠从宿舍里出来，信步走到街上。天阴了一整个早上，到这时就飞起细碎的雪花来。街上的人流裹在厚重的冬衣里，缩头缩脑地朝她走来，又离她远去。一切似乎都与她相关，一切又似乎与她全然无关。行走在熟悉得几乎熟视无睹的街景里，她突然有了一种深切的几乎带了一丝恐慌的陌生感。在这个充满了机会的硕大无比的都市里生活了八九年之后，她第一次觉得自己依旧是一个孤苦伶仃的寄人篱下讨生活的外来妹。京城把她高高地举起来，其实只是为了再把她狠狠地摔下去。

后来王晓楠走进了一个公用电话亭，给许韶峰打电话。电话是秘书接的，说许总在开一个重要会议，暂时无法听电话。王晓楠突然提高了嗓门，一字一顿地对秘书说："你们许总就是在开政治局会议，也要把他找出来。告诉他有一个叫王晓楠的女人，问他想不想结婚——我就在这里等回音。"

五分钟之后，秘书回来了，说："许总请王小姐定个时间。"

那年春节，王晓楠和许韶峰在京城登记结婚。许韶峰给王晓楠的结婚礼物是一枚一克拉的白金钻戒和一座位于城郊的小别墅。这两样礼物在很长的时间里都没有派上用场。钻戒一直锁在保险柜里，别墅离单位太远，王晓楠不愿意在路上耗费太多的时间。结了婚之后的王晓楠，堂而皇之地加入了电视台里等待分房的大队伍，没多久就分到了一个两室一厅的中等单元，和许韶峰搬了进去。

10

章亚龙去尼亚加拉赌场接王晓楠，正遇上大风雪，满天飞絮刮得路都不见了，车像一只肥白的虫子在高速公路上笨拙地蠕动着。走走停停的，王晓楠的胃就颠簸得很是难受起来。随手抓过一个塑料口袋，便又哇哇地吐了起来。撕心裂肺地吐完了，脸色煞白如纸。章亚龙吓了一跳，问要不要把车停在路边歇一歇，王晓楠摇摇头，就闭了眼睛靠在椅背上养神。

两人半晌无话，后来章亚龙叹了一口气，说："你再怎么折腾自己，他也是看不见的。"一句话说得王晓楠红了眼圈，忍不住流下泪来。章亚龙也不劝，由着她窸窸窣窣地哭完了，擦净了脸，才把身上的大衣脱下来，盖到她身上："睡会儿吧，到家叫你。"

开到家，已是半夜。王晓楠下了车，脚下一滑，就摔到了雪地上。章亚龙伸手去搀，却摸着了一只滚烫的手掌。进屋拿出体温表量了，竟是三十九度多。就马上要开车去医院，王晓楠只是不肯，说去急诊室等两三个小时，还不如在家躺会儿。章亚龙就翻箱倒柜地找出了几片退烧药，让服了。又去厨房煮了一锅红糖生姜汤，逼着王晓楠喝了驱寒。正喝着，床头的电话就惊天动地地响了起来。王晓楠也不接，由着它响到疲软为止。章亚龙注意到王晓楠已经把电话上的留言机关了。后来电话又响了几回，一回比一回声嘶力竭。王晓楠听得腻烦了，就把电话线给拔了。章亚龙见王晓楠脸颊红扑扑的，额上湿湿地出了些热汗，就吩咐夜里要盖好被子睡觉。正要走开，却听见王晓楠轻轻地叫了一声："亚龙，"从被窝里颤颤地伸出一只手来，对他说："陪我一会儿吧。"声气里竟带了几分凄惶，平日的果断尖刻突然都不见了。章亚龙就将屋里的大灯关了，只剩下幽幽的一盏台灯。又拖了一张椅子过来，在床前坐下，握住了王晓楠的手。那只手裹在他的手掌里，是柔柔软软的一团。起先是没有多少分量的，后来就渐渐地沉了起来——便知道她真是睡着了。

这一睡，就睡到了次日清晨。王晓楠一觉醒来，太阳穴尚隐隐生疼，嘴里甚是苦楚。暗蒙蒙的曙色里，突然发觉章亚龙歪在旁边的椅子上睡着了，手里依旧握着她的手。这才把头天晚上的事一一想了起来。就摸索着下了床，只觉得头重脚轻，满眼晃着金星。靠着墙歇了一歇，将气喘匀了，才颤颤地去衣柜里拿了一床毯子给章亚龙盖上。谁知章亚龙就醒了。章亚龙一醒，第一件事就是找来体温表给王晓楠量体温。见烧已退了好些，脸色也比昨晚清朗，就说："你依旧躺着，我去给你煮一碗热汤面来吃。"王晓楠果真躺了回去，却忍不住笑："看不出你这么能体贴人。你们家琼美倒是个有福气的。"章亚龙听了这话，脸色骤变，笑容一丝也无了，起身就走出了房间。王晓楠暗想这个叫琼美的女人也不知做下了什么事，竟让章亚龙如此提也提不得，放又放不下。

一会儿工夫，章亚龙就回来了，手里端了两大海碗热气腾腾的面条，清清淡淡的只放了些葱花榨菜，上头铺了两只黄灿灿的荷包蛋——那颜色香味都很是诱人。两人果真饿了，也顾不得多话，就呼啦呼啦地吃了起来。王晓楠怕滞食，不敢多吃，只吃了半碗就放下了。就问章亚龙是在哪儿学的画。章亚龙说是工人文化宫美术班打的底子，后来又在师范学校的美术系进修了半年——实在算是玩票的，当不得一回事。王晓楠忍不住啧啧惊叹："那科班出身的也不见得有你这份感觉——再好的训练，学的也都是技巧，感觉是爹娘给的。生下来有就有了，没有你也模仿不成。"章亚龙听了虽不吱声，心里却很是得意。

两人说了一会儿话，就听到屋里有鸟儿啾啾地叫了几声——那是王晓楠的挂钟，指针中间坐着一只红脯罗宾鸟，时辰一到就要跳出来鸣报钟点。王晓楠一看挂钟，就吓了一跳："都什么时候了——你老板还不开了你。都怨我，害得你一夜没睡好。"章亚龙却依旧坐在那里不动身。王晓楠又催了一回，章亚龙才咧嘴一笑，说："还上什么班呢？衣厂都关门了。"王晓楠就吃了一惊。想起章亚龙是没有身份的，没有身份就没有工卡，只有衣厂这样的地方才肯雇用这种工人，图的是最便宜的劳动力——两下都不敢声张。若丢了这份工作，再找一份也不是十分容易的。家那边还不知有多少人在指望着他的钱呢。如此一想，心里就有些难受起来。沉吟了片刻，才说："前几天我去央街买东西，看见那儿大大小小地开了不少画廊。我虽不是行家，也看得出那些画都不及你的。要不咱们合伙找个店铺做画廊——也不用专门卖画。有生意就卖画，没生意也可以定制镜框，翻晒照片。你看能学得会不？"章亚龙半天没有回话，王晓楠猜着了他的心思，就说："资金我包了，你出力就是了。"章亚龙就嗨嗨地笑，说："我知道你要说这个——这个世界上就有两种人总爱惦记着钱。"王晓楠问什么人，章亚龙说："有钱的和没钱的。"王晓楠忍不住哈哈地笑了起来。笑过了，又问章亚龙："怎么样——画廊的事？"章亚龙依旧不肯认真回答，一路打着哈哈："有钱人怎么总喜欢包，不是包人，就是包事。我看上去一无所有只有力气，你看上去一无所有只有钱。咱俩要是合作，真叫共产主义——物尽其用，各取所需。"

这本来是一句没心没肺的玩笑话，却突然触及了王晓楠心里一个埋藏多时的痛处，就愣愣地呆在那里，半晌说不出话来。章亚龙瞧见王晓楠的脸色，便知自己把话说拧了，想解释，又觉得越描越黑，只好"咳"地拍了一下自己的额角："我知道你都是为我好——你犯不着为我这种人生气。这钱若是你的，一百万我也敢用。若是他的，我一分一厘也不能动。"

王晓楠听了心里不禁动了一动。细细地将这话想了一遍，只觉得里头没有一个字是关于私情的，却又没有一个字是与私情无关的，思绪烦乱了起来。

11

王晓楠憋了几日的气，总不肯听许韶峰的电话。后来实在是挂念儿子豆芽，忍不住接了电话。许韶峰那头自然是轻言慢语地解释了一番："公司卷进了一堆三角债，债主里头有一家新成立的小公司，规模小，就靠着这么点钱过年。不还了他就是不走人，白天黑夜地赖在办公室里，门都没法锁。这么点债，其实真算是小头。只是现在资金暂时周转不灵，只好先挪了你那边的钱。实在是怕你知道了担心——原先想等两三个星期债一追回来就填回去，谁想到你偏偏就知道了。你怎么就不是个省心的命呢？"王晓楠听了虽还是将信将疑，语气上却已渐渐温软下来了。

又问什么时候能把豆芽带过来，许韶峰的口气就有些迟疑："公司的事，比想象得复杂多了，一时半刻怕是移交不了。豆芽在住宿学校里适应得挺好，功课进步了，身体也比从前壮实。要不，就这样先对付一阵子，等你在那里待满了三年拿了公民，咱们再做长远考虑？"

王晓楠放下电话，心里空落落的，竟没有个依托之处。这些年不知不觉地靠惯了许韶峰，渐渐地竟不知道怎么靠自己了。她突然明白过来，在这个庞大的举家移民计划中，也许许韶峰从一开始就没有把他自己囊括进去。而她则必须孤独地在加拿大住满三年。三年之后，她会得到一本新的护照，可是她也会失去一些旧的东西。三年的时间在人生的某些阶段只是一个和其他瞬间没有太大区别的短暂瞬间，而在人生的另一些阶段却像是一道截然的分水岭。走过了这道岭，若想再回过头来看那边的河，河虽然还是同一条河，水却已经不是同样的水了。岭那边的景致便不再是故事，而只是故事里的背景了。

王晓楠是在情绪十分低落的时候想到出国的。现在回忆起来，她人生的几个重大决定几乎都是在情绪十分低落的时候做出的，比如北上京城，比如向许韶峰求婚，又比如辞职出国。

那年生下豆芽歇过产假回到电视台，《角角落落》的节目早已由别人接管了。接管的是一个年轻编辑，原先是一家报纸的娱记。那人追踪的是社会上的新异现象，关注的是异类人的心态变幻，所以节目虽然还叫同一个名字，风格走向都与从前很是不同了。王晓楠从旁看着，总觉得好像是自己的一个白胖儿子，让人家过继了去给养成了癫痢头，心里很有几分窝囊和不甘。后来也没排上什么正式节目，一直跟在别人节目里当零工。懒懒散散地混了好几年，才派上了一个新节目，叫《神州书苑》，是介绍新书新人的。内容大多是文化界的事，正是老本行，王晓楠倒是很上了些心去做。可惜纯文化品位的节目，曲高和寡，收视率不高。所以电视台里有一条不成文的规定，凡是上了《神州书苑》的文人，都得赞助电视台六万块钱。

王晓楠按台里的规定试了几期，结果不甚满意——那些出得起钱的，写的东西实在入不了王晓楠的眼界。王晓楠看上的书，偏偏作者不是出不起钱，就是清高而不屑出钱——节目的质量可想而知。原先排在周末晚上黄金时段播出的，后来就给挪到了周末白天。再后来又给挪到了周二白天。王晓楠气不过，便常常找台里的头头脑脑理论，说："我这个节目，是给你们打品牌的。我不信你们这一大堆下里巴人的节目，就养不活我一个阳春白雪，非得我开口问作者讨钱？"领导碍着她的资历，开始还耐着性子听，后来见她唠唠叨叨地没个完，便商量着一起躲避着她，暗地里都说她大概是提前进入更年期了。

王晓楠在电视台里遇到不痛快的事，回到家里自然也没有好脸色。许韶峰见了，就劝她："你的这份工，本来就是玩的。你那点收入，还不够在赛特买一瓶进口香水。既然是玩，玩成什么样都好，就是不能玩得太上心。"王晓楠嚷了半句："我好歹是名牌大学中文系……"就咽了回去。生活像一只细砂轮，耐着性子日复一日、年复一年地磨人。十年、二十年下来，谁能保得住不被磨平呢？大学里的那点理想，早已是桃源旧梦了。这种时候，王晓楠就格外怀念死去的张敏。张敏会被日子磨平吗？磨平了的张敏就不是张敏了。张敏是一块花岗岩，砂轮磨不平花岗岩，花岗岩倒有可能磨秃砂轮——死亡像一张永久有效的保鲜膜，将张敏所有的优点都鲜活地保存在王晓楠的记忆里。在新潮叠起、变幻莫测的日子里，只有古旧的记忆是不变的。不变的记忆相对于多变的日子就显得格外珍贵。许韶峰自知是敌不过这样的记忆的。每当王晓楠站立在窗前，一语不发地眺望着其实没有什么景色的都市夜空时，许韶峰就知道王晓楠又在缅怀她和张敏也许真切地存在过，也许仅仅在幻觉里存在过的如歌岁月。这时他往往会保持沉默，等待着她思绪的回归。可是那天他却犯了一个愚蠢的错误。

他走过去拍了拍她的肩膀，用一种时髦的潇洒语气对她说："要不我化名给你们台里捐它个百十万，指名是给你们节目的，让你尽兴玩几手？"王晓楠看了他一眼，没有说话。王晓楠的眼光很冷，仿佛是两潭正在结冰的积水。

那天晚上王晓楠早早地洗了澡换了睡衣，坐在床上看《动

物世界》。那天的节目是关于澳大利亚袋鼠的。可是许韶峰
知道王晓楠没有在看，因为她始终没有回答儿子豆芽提出的
关于袋鼠的任何问题。在节目即将结束的时候，王晓楠突然
喃喃地说："体育部的小王刚刚出国采访回来，说加拿大那
个国家不错。"许韶峰当时什么也没说。后来王晓楠半夜醒来，
看见床头一明一灭地闪着一颗烟头。"也好，我们豆芽将来
上那边的大学。"许韶峰半躺半坐着对她说。

第二天他们就开始物色合适的移民公司，着手办理加拿
大的移民手续。手续进展的速度完全超出了他们的意料，当
他们接到那张浅绿色的、印着加拿大移民部大钢印的移民签
证时，感觉仿佛只是做了一个离奇的梦。临别时，电视台里
的同事们设宴为王晓楠送行。那天众人的情绪都很高涨，在
一片震耳欲聋的卡拉OK背景音乐里，彼此勾肩搭背一遍又
一遍地声嘶力竭地高唱"过去的好时光"。连平时与王晓楠
交往很疏的那几个人，也都红了眼圈。已往的摩擦碰撞所结
下的痂痕，顷刻之间平服在酒精制造出来的亢奋和宽容之中。
只有那个素来和王晓楠有些过节儿的领导，始终坐在角落里，
一支又一支地抽烟，一言不发。到曲终人散的时候，才站起来，
重重地握了握王晓楠的手，叹了一口气："可惜了，你。"

这句话后来就像一只蛀虫，一遇到发霉的心境就爬出来

啮咬王晓楠。可是王晓楠却明白自己是流出溪头的一股水，无论如何也走不回去了。

王晓楠一个人坐在屋里发了一会儿呆，把过去、现在、将来揉过来捻过去地想了又想，却一直没想出个头绪来，只好无精打采地打开窗帘看后院的雪景。

后院一片银妆素裹——这场雪下了整整五天五夜。篱笆不见了，树不见了，工具房不见了，鸟笼也不见了。看得见的只是高高矮矮肥肥瘦瘦的雪包。地上有两行梅花脚印，一路延伸进入邻人的地界——大概是松鼠觅食的踪迹。章亚龙穿了一件柠檬黄色的羽绒服，正弯腰跪在雪地上堆雪人。雪人已经堆了八九成的样子。肥硕的身子，滚圆的头，眼睛是两颗乌枣，鼻子是一根萝卜，头顶上歪着一顶红帽子，脖子上缠了一条旧围巾，肩上斜插着一根树枝，枝上挑了一角小黄旗，在风里猎猎地飞。旗子上歪歪扭扭地写着："我不丑，我也很温柔。"王晓楠看了忍不住微微一笑——这个章亚龙倒真像是楚霸王，穷途末路了还能高歌一曲。

章亚龙这些日子除了晚上有时出一下门，白天几乎都待在家里，闷头作画。她很想问他找工作的事有什么进展，可是她不敢。有时她觉得她和他都是落在水里没有退路的人，他们只能奋力朝前游。她游她的路程，他游他的。他们无可奈何地看着彼此在水里挣扎，谁也帮不上谁的忙。但是他毕竟在水的那一方对她扬起了一面小小的艳黄色的旗子，那是他给她的加油信号。而她呢，她到底为他扬了什么样的旗子呢？

她一声不响地走到了后院，团起一堆积雪，朝他扔了过去。他吓了一跳，但马上进入了反击状态。她自然不是他的对手，在她还在筹备第二次进攻的时候，身上就已经挨了他的三个雪球。其中有一个不幸落到了她还来不及系上围巾的裸露的脖子上，有些疼，也有些冷。她突然蹲在地上，捂着脸哭了起来。虽然不是第一次看见她哭，他还是不知所措地站在了那里。

"为什么你们男人总也不肯让女人一点呢？"

她问他。

他蹲下来，脱下手套，帮她擦拭脸上的泪水。"因为你不是普通的女人。你不需要任何人对你让步——无论是男人还是女人。"

他扶她站了起来，拥着她朝屋里走去。她细细瘦瘦地缩在他的怀里，像一个受了惊吓的孩子。

后来发生的事情似乎完全超出了他们原先的预料，又似乎完全在他们的意料之中。开始时他有些拘谨，对于女人他毕竟有点陌生了。然而她很快就使他恢复了所有关于女人的记忆。她的身体温软若水地承载附和着他，使他无论是想给还是想要的时候都能够运作自如。

当欲望渐渐退却，思绪如沙滩在落潮之水中渐渐呈现出来时，他抚摸着她汗湿的，有了些细碎皱纹却依然明丽的额头，久久无语。其实他很想问她一些事情，一些与许韶峰有关的事情。可是话到喉咙口却如隔夜的沉涩鱼骨，始终无法轻易地吐到舌尖上。后来他说的那些话其实并不是他最想说的。他说："那天我实际上是替一个朋友看广告找房子的。到了你这里，才认出是你来。你的《角角落落》，我每期都看，而且都录了——所以我临时改变了主意，决定自己搬进来住。"

"搬进来了才知道，原来是这么一个庸俗懒散的女人——半老不老，又自以为是。倒也好，从今往后就绝了你追星的念想。"

章亚龙听了就嘿嘿地笑："灯泡到了哪儿也是灯泡，星到了个哪儿也是星——脸是留不住的东西，早晚都是要老的。只是那留得住的东西，你可别丢了。"

"世上哪还有什么留得住的东西呢？横竖不过是边走边丢的。"

章亚龙叹了一口气："要真没有一样留得住的东西，人活一辈子也真算是个浪费。加拿大这个地方，不该是你来的。你哪到养老的时候了呢？实在是可惜了，你。"

王晓楠一下子想起电视台那个跟她有些过节儿的领导临别前对自己说的话，突然感觉仿佛有一根棍子在心底搅了一搅，泛上来的是隐隐的钝钝的莫名的疼。她只能紧紧地捂住棍子，因为她宁愿容忍长长的隐疼，也不愿承受拔出棍子那一刹那的剧疼。她披衣坐了起来，冷冷地看着他："没有什么可惜的，这是我的选择——至少我还有选择的自由。"

他听出了她话语里的恶毒。在他和她居住于同一屋檐下的日子里，他已经不止一次地看到了她诸如此类的情绪起落，所以他并没有特别在意。况且他尚沉浸在肌肤之亲所造成的随意之中。于是他爬到床的那一端去寻找她。他搂住她的肩膀，贴着她的耳根，低声对她说："我没有这个自由，我已经被你锁住了，所以我只能赖在你这里不走。"他不合时宜的随意使她越发恼怒起来。她甩开他的手，冷冷一笑：

"加拿大是不怎么好，偏偏还有人非得做偷渡客呢。"

他听了她的话，突然就愣在了那里。他直直地盯着她看，然而他的眼神却涣散地不知所终地失落在了半空。这样的眼神让她有些害怕起来。她看着他拿起衣服，头也不回地走出了她的房间。她想叫住他，她的嘴唇轻轻地翕动了几下，却始终没能发出任何有意义的声音来。

第二天早上她起床时，已经完全忘记了他们早先的短暂不快。她顾不得洗漱就直接来敲他的门，因为她想起了这天正好是小年。她想叫上他一起去超市买菜回来做火锅——这将是她在国外过的第一个年。她敲了很久的门，他一直没有回应。后来她推门进去，才发觉他已经走了——连同他简单的行囊。她走进他住过的房间，脱下袜子，赤脚踩在橡木地板上，仿佛在重温他们曾经有过的短暂的肉体接触。她试图寻找他在这个屋子里留下的痕迹，可是一无所获。她轻轻叫了一声："亚龙。"她的声音在空荡的四壁间来回荡漾，发出嘤嘤嗡嗡的回响。

12

半个月后，王晓楠收到了两封寄给章亚龙的信，一封来自西尼卡学院，另一封是联邦移民局的。两封信都只轻轻地封了个口，王晓楠轻而易举地就启了封。西尼卡学院寄来的是一封很短的格式信，祝贺章亚龙先生学业圆满结束，取得电脑图像设计专科证书。移民局的信就略微长了一些：

　　我们已经详细地审查了你的移民申请。我们很难过地得知，你的妻子刘琼美和你的儿子章小龙半年前在尼亚加拉瀑布遭受车祸不幸身亡。你最初是以探亲为理由进入加拿大的，你后来的移民申请也是基于家庭团聚的观念。然而由于你妻子（同时也是你的担保人）已经亡故，你实际上已经失去了继续留在加拿大的理由。我们完全可以拒绝受理你的申请。但是我们在仔细审理你的个人资料时发现，你在最近的两年多时间里不仅一直坚持工作向政府纳税，并且在业余时间进修大专课程。事实证明你是一个已经适应了加拿大环境并对加拿大社会作出积极贡献的守法居民。出于人道主义的考虑，我们破例通过你的移民申请。近期内当地移民局会通知你领取移民文件的具体日期。

　　王晓楠看完信，愣了很久。后来她就把信天衣无缝地封了回去。

　　她开始考虑用哪一种途径可以最快地找到章亚龙。

　　当然不仅仅是为了这两封信。

图书在版编目（ＣＩＰ）数据

死着／（加）张翎著．　--武汉：长江文艺出版社，2018.10
ISBN 978-7-5702-0550-9

Ⅰ. ①死… Ⅱ. ①张… Ⅲ. ①中篇小说－小说集－加拿大－现代
Ⅳ. ① I711.45

中国版本图书馆 CIP 数据核字（2018）第 199645 号

死 着

张翎 著

选题产品策划生产机构｜北京长江新世纪文化传媒有限公司
总 策 划｜金丽红　黎 波　安波舜
责任编辑｜张 维　装帧设计｜郭 璐　媒体运营｜刘 峥
助理编辑｜白进荣　内文制作｜刘 洋　责任印制｜张志杰　王会利
法律顾问｜张艳萍　数字版权代理｜何 红

总发行｜北京长江新世纪文化传媒有限公司
电 话｜010-58678881　　　　　　　传 真｜010-58677346
地 址｜北京市朝阳区曙光西里甲 6 号时间国际大厦 A 座 1905 室　　邮 编｜100028
出 版｜长江出版传媒　长江文艺出版社
地 址｜湖北省武汉市雄楚大街 268 号湖北出版文化城 B 座 9-11 楼　　邮 编｜430070
印 刷｜三河市兴博印务有限公司
开 本｜787 毫米×1092 毫米　1/32　　　　印 张｜8.75
版 次｜2018 年 10 月第 1 版　　　　　　印 次｜2018 年 10 月第 1 次印刷
字 数｜145 千字
定 价｜45.00 元
盗版必究（举报电话：010-58678881）
（图书如出现印装质量问题，请与选题产品策划生产机构联系调换）